Papel certificado por el Forest Stewardship Council®

Primera edición: abril de 2023

© 2023, Pedro Mañas
© 2023, Penguin Random House Grupo Editorial, S.A.U.
Travessera de Gràcia, 47-49. 08021 Barcelona
© 2023, Carlos Lluch, por las ilustraciones

Penguin Random House Grupo Editorial apoya la protección del *copyright*.
El *copyright* estimula la creatividad, defiende la diversidad en el ámbito de las ideas y el conocimiento,
promueve la libre expresión y favorece una cultura viva. Gracias por comprar una edición autorizada
de este libro y por respetar las leyes del *copyright* al no reproducir, escanear ni distribuir ninguna
parte de esta obra por ningún medio sin permiso. Al hacerlo está respaldando a los autores
y permitiendo que PRHGE continúe publicando libros para todos los lectores.
Diríjase a CEDRO (Centro Español de Derechos Reprográficos, http://www.cedro.org)
si necesita fotocopiar o escanear algún fragmento de esta obra.

Printed in Spain – Impreso en España

ISBN: 978-84-488-6292-3
Depósito legal: B-2.791-2023

Compuesto por Marta Masdeu Tarruella
Impreso en Gómez Aparicio, S. L.
Casarrubuelos (Madrid)

BE 62923

CUENTOS PARA LEER CON LUPA
DEL DETECTIVE PICARD

Pedro Mañas

Ilustraciones de Carlos Lluch

INTRODUCCIÓN

Todos piensan que el **señor Picard** es el mejor detective de la ciudad. Por eso todos acuden a su agencia con los casos más difíciles.

Si la gran copa de fútbol desaparece, el señor Picard la recupera. Si alguien secuestra al hipopótamo del zoo, el señor Picard no para hasta rescatarlo. Si alguien envenena las natillas de la reina, el señor Picard **detiene al culpable** y de paso le cocina otro postre a su majestad.

Todos piensan que el señor Picard es el **mejor detective** de la **ciudad,** pero todos se equivocan.

El mejor detective de la ciudad tiene casi siete años, una bonita melena pelirroja y un pijama de unicornios. Se llama **Ágata** y es la hija del señor Picard.

Y, además, resulta que soy yo.

Desde pequeña estoy un poco pachucha, así que apenas puedo salir de mi cama. Sin embargo, jamás me duermo antes de que papá llegue a casa. Lo primero que hace es pegar tres golpecitos en mi puerta: **toc, toc, toc.**

—A ver, la **contraseña** —contesto yo desde el otro lado.

—Jugando al parchís me hice pis en el centro de París —susurra él.

Me gusta cambiar la contraseña cada semana. Otras veces es «La pata de un buen pirata está hecha de patata» o «Tengo un erizo rojizo que lleva moño postizo».

—Correcto —respondo, dejándole entrar al dormitorio.

En realidad, más bien parece una comisaría. Mi colcha está cubierta de recortes de **noticias de robos y misterios.** De la pared cuelga un mapa de la ciudad cubierto de chinchetas. Mis peluches esperan en fila para ser interrogados.

Yo toso sobre la cama. Cuando papá se acerca a darme un beso, mi tos se calma como por arte de magia.

—Buenas noches —sonrío, aunque luego me enfado—. ¡Te has retrasado tres minutos!

—Buenas noches, mi pequeña inspectora jefe —se disculpa él—. ¿Es demasiado tarde para leerte un cuento?

Me arropo mientras papá revisa los libros de la estantería.

—¿Te apetece la historia de Cenicienta? —pregunta al fin.

—**Bah,** menuda cursi —replico.

—¿Prefieres entonces Pinocho?

—Menudo embustero…

—¿Y la Bella Durmiente?

—¡Menuda vaga!

—¿Pues entonces qué cuento quieres, hija?

—**Ninguno** —sonrío yo—. **Prefiero un misterio.**

—Bueno —suspira él—. Pero solo uno.

Ese es nuestro gran secreto. En realidad, mi padre no es el mejor detective de la ciudad. Ni siquiera el mejor detective de casa. **¡Soy yo la que resuelve todos sus casos!** Sin mi ayuda, papá no aclararía ni el robo de un chicle.

Cada vez que se atasca en una investigación, papá saca su teléfono del sombrero con disimulo para fotografiar alguna pista. Como es un poco torpe, a veces se equivoca de tecla y en vez de la cámara abre un vídeo de gatitos o llama a los bomberos. Al fin, después de varios intentos, me envía una fotografía del misterio para que le **chive la solución.**

A cambio, cada noche me cuenta uno de los casos que hemos resuelto juntos. Y yo los he reunido todos en **este libro** para contártelos a **ti.**

La pregunta es… **¿podrás resolverlos tú también?**

UN MISTERIO COLOR ROSA

Existen muchas **clases de perros.** Unos amistosos y mullidos como los enormes san bernardo. Otros feroces y cascarrabias como los diminutos chihuahuas. Algunos exquisitos y larguiruchos como los perritos calientes.

En todo el mundo, sin embargo, hay un solo **caniche rosa.**

Mejor dicho, lo había… hasta que su dueña descubrió que se lo habían **robado.** Horrorizada, **madame Rubí** marcó con su uña

puntiaguda el **número de teléfono** de mi padre. En cinco minutos, papá ya estaba cruzando el jardín del palacete. Y en otros cinco ya había pisoteado todas las petunias. **Madame Rubí** lo esperaba tan nerviosa que ni se dio cuenta.

—¡Mi pobre **Chichifú ha desaparecido**! —gimoteó—. ¡Y fue un regalo del duque de Roble Gordo!

Más gordo era el disgusto de la dama. Sin perder tiempo, papá sacó su lupa del calcetín. Luego se puso a recorrer la mansión en busca de pistas.

La primera pista estaba cubierta de pelo y roncaba sobre un sofá. ¡Pero si era el **caniche rosa**! Parecía una bola de algodón de azúcar.

—Caso resuelto —sonrió papá.

—**¡Ni hablar!** —negó ella—. Ese chucho holgazán es un **impostor.** Mi **Chichifú** siempre está brincando y ladrando de alegría.

Para demostrarlo, la dama condujo a papá hasta el **salón de retratos.** De allí colgaban cuadros de elegantes damas y de militares bigotudos. Había incluso alguna dama bigotuda.

—¿Lo ve? —dijo **madame Rubí,** señalando un lienzo—. Ese es el auténtico **Chichifú.**

A papá ambos perros le parecieron igual de feos. Por eso **sacó** su **teléfono** con **disimulo** y *¡clic!*

¿CÓMO SUPE QUE NO SE TRATABA DEL MISMO PERRO?

Todo el mundo sabía que a **madame Rubí** le sobraba el dinero y los cuartos de baño. Lo raro es que también a su perro **le sobraba un dedo en una de las patas traseras**.

Pero entonces, ¿de dónde había salido el chucho que roncaba en el sofá? Papá lo acarició, pensativo. Al retirar la mano, ahogó un grito de espanto. ¡**Sus dedos estaban manchados de sangre**!

—No sea memo —dijo **madame Rubí**—. Eso es pintura rosa.

—Ya me parecía a mí una sangre muy cursi —se excusó papá.

La cosa estaba clara. Alguien había pintado un caniche cualquiera para sustituirlo por el auténtico **Chichifú.** Rápidamente, papá corrió a examinar los alrededores del jardín.

Fue así como halló una huella de zapato junto a la puerta trasera. **¡Una huella color rosa!** Seguro que pertenecía al ladrón. El muy torpe se había manchado una suela y había ido dejando **pisadas** por toda la calle.

El **rastro de huellas** terminaba en un cubo de basura. Emocionado, papá metió la mano en su interior. Se le pasó la emoción al encontrar dentro un **zapato desgastado** y apestoso.

Efectivamente, **su suela estaba manchada de pintura.** El ladrón lo había tirado allí para no dejar pistas. Por suerte, en la etiqueta interior podía leerse el nombre de una zapatería: **EL PINREL ELEGANTE.** Ajustándose el sombrero, papá encaminó sus pasos hacia allí.

—A sus pies —lo saludó el dependiente.

—A sus narices —replicó papá para hacerse el duro—. Busco al dueño de este zapato.

—Eso parece una tortilla con cordones —se enfadó el otro—. Mire a ver si se parece a alguno de nuestros modelos.

Papá **sacó** su **teléfono** con **disimulo** y *¡clic!*

Enseguida descubrí que el zapato del culpable era del **tipo Góndola.** Papá preguntó al zapatero quién había comprado últimamente aquel modelo.

—Solo un caballero —dijo él, tras consultar su lista de clientes—. El **señor Tripont.**
—**¡Pero si es mi vecino!** —chilló **madame Rubí** cuando papá corrió a informarla a la mansión.

Estaba tan furiosa que mi padre tuvo que rogarle que se calmase. Ella respiró profundamente, contó hasta diez… y luego corrió a **aporrear la puerta** de su vecino con el dichoso zapato.

—Pero ¿qué pasa? —gruñó al abrir el **señor Tripont.** Era un hombre gordinflón en bata y zapatillas. O su peluquín estaba maullando o llevaba un **gato en la cabeza.**

—¡Pasa que usted **ha pintado a un chucho callejero** y lo ha cambiado por mi **Chichifú**! —exclamó **madame Rubí**.

—¿Se cree que soy Picasso? —preguntó el vecino, acariciando al minino—. Yo no he pintado nada en mi vida.

Papá **sacó** su **teléfono** con **disimulo** y *¡clic!*

El **señor Tripont** miró sin pestañear la prueba que señalaba papá. Era un bote de pintura rosa oculto en la estantería.

—De acuerdo, pero solo la usé para **pintar mi coche** —explicó—. Vengan al garaje y se lo demostraré.

Resulta que el hombre decía la verdad. Su pequeño auto parecía una **tarta de fresa** con ruedas.

—No me fío —gruñó su vecina—. Quizá tenga encerrado ahí dentro a mi **Chichifú.**

El **señor Tripont** abrió el maletero con fastidio.

—¿Es este su perro, señora? —preguntó papá, señalando algo redondo y maloliente.

—Eso es la rueda de repuesto —gruñó el **señor Tripont**—. Aquí jamás ha viajado un perro.

Papá **sacó su teléfono con disimulo** y *¡clic!*

El **señor Tripont** insistió en que lo que había al fondo del maletero era una llave inglesa. Sin embargo, hasta mi padre adivinó que se trataba de un **hueso.** Y muy mordisqueado.

—De acuerdo —se derrumbó al fin el sospechoso—. **¡Yo robé a Chichifú!**

—**Lo sabía** —sonrió papá—. ¿Por qué lo hizo?

—¡Porque ese dichoso perro asusta a mi gato con sus ladridos! —suspira el otro—. El pobre se pasa el día escondido en la olla exprés. Por eso decidí comprar otro chucho más tranquilo y dar el **cambiazo.** Lo disfracé con la pintura que me había sobrado del coche.

—¿Y de dónde lo sacó?

—De una granja donde crían caniches —explicó el vecino, colorado—. Está a las afueras de la ciudad. Allí dejé a **Chichifú,** muy bien atendido. Yo mismo los llevaré.

Los tres se apretujaron en el coche como en una lata rosa de sardinas. Al llegar a la granja, un montón de caniches salieron a la verja a recibirlos. Todos brincaban y se rebozaban en barro como albóndigas en salsa.

—Picard nunca falla —sonrió papá—. Ya puede coger a su perro, señora.

—Ay —gimió madame Rubí—. ¡Se los ve tan felices juntos! No sé si podré separarlos.

Lo que no sabía era cuál de ellos era Chichifú, porque estaban todos cubiertos de mugre. Entonces papá sacó su teléfono con disimulo y ¡clic!

Ve a la página 126 ¡y descubre la solución!

PASTELES DE BRÓCOLI

Todos sabían que la **pastelería Suspiros de Merengue** era la mejor de la ciudad. Su dueño, el **señor Crepe,** elaboraba cada día dulces irrepetibles y extravagantes.

Bueno, irrepetibles no, pues hacía tiempo que una pastelería rival le estaba **copiando sus recetas.** Por copiar, le había copiado hasta el nombre. Se llamaba Estornudos de Crema.

Desesperado, el **señor Crepe** suplicó a mi padre que le echase una mano. El pastelero lloriqueaba sobre el mostrador. Empapados en lágrimas, los **buñuelos de viento** se iban volviendo **buñuelos de llanto.**

—¡No sé cómo lo hacen! —gimió el hombre—. El día en que inventé los regalices de chocolate, ellos lanzaron sus chocorregalices. Cuando creé la mousse de plátano con judías, ellos anunciaron la de judías con plátano. **¡Han copiado incluso mis famosas piruletas de anchoa!**

Hay que ser muy malvado para copiar una piruleta de anchoas. Tanto como para comérsela.

—¿Cuál será su próxima receta? —preguntó mi padre al fin.

—Unos exquisitos **pasteles de brócoli** —suspiró el repostero.

Papá salió del local con decisión y con el estómago revuelto. Debía averiguar si la pastelería rival había robado la nueva receta. Sin embargo, en el escaparate de enfrente se amontonaban tantos dulces que enseguida se hizo un lío. Entonces **sacó su teléfono del sombrero y** *¡clic!*

—Malas noticias —anunció papá cuando regresó al local del **señor Crepe**—. Entre los cupcakes de colores encontré esto.

Era un **pastelillo verde de brócoli.** O lo que quedaba de él. Al final estaba más rico de lo que papá pensaba.

—¡Imposible! —gimió el **señor Crepe**—. ¡Pero si **escondí la receta** en la caja fuerte del despacho!

Mi padre pidió que lo llevasen allí inmediatamente. Y también un poco de agua para limpiarse el bigote. Lo tenía todo pringado de crema de brócoli.

El despacho era una habitación limpia y ordenada. Papá comprobó que la caja fuerte no había sido forzada, así que **preguntó al pastelero la combinación.**

—**24-08-37** —susurró el hombre—. Es la fecha en que se inventó el suflé de chorizo.

Papá giró la rueda de la caja y la abrió. Por no haber, dentro no había ni telarañas. **La receta había volado.** Fuera quien fuera el culpable, conocía la combinación secreta.

—Me pregunto cómo hizo para no dejar huellas —suspiró papá tras examinar la caja. Entonces **sacó su teléfono del sombrero** y *¡clic!*

El granuja había usado un fino **guante de goma** que después tiró a la papelera.

—Habrá sido un **cirujano** —dedujo papá—. O alguien que estaba **fregando los platos.**

—No diga tonterías —replicó el **señor Crepe**—. Ese guante es de repostería.

Al examinarlo bajo su lupa, papá descubrió un **largo cabello rubio** enredado entre los dedos de la prenda. Parecía **pelo de mujer.** O de camello, pero mi padre creyó poco

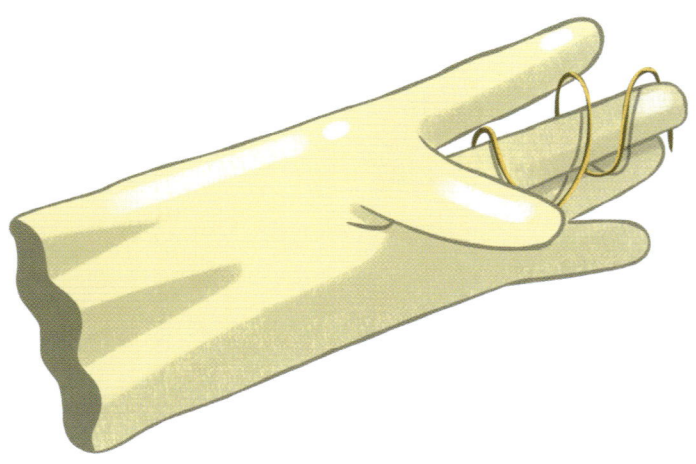

probable que un animal tan grande hubiera entrado al local. Se habría chocado con las jorobas.

—¿Hay alguna dama entre sus empleados? —preguntó entonces.

—Solo una —respondió el pastelero—. La **señorita Caramel.**

Papá decidió visitar a la joven, que se encontraba amasando hojaldre en el obrador. Enseguida advirtió que una de sus manos estaba desnuda y **pringada de masa.**

—¿No será suyo este guante, señorita? —preguntó mi padre.

—¡Oh, gracias, caballero! —sonrió ella dulcemente—. Hace tiempo que lo buscaba.

El guante encajó en su mano como el zapato en el delicado pie de Cenicienta. En cambio, ella no fue tan delicada cuando mi padre la acusó de ladrona. De hecho, se puso a darle golpazos con el **rodillo.** Suerte que papá llevaba sombrero.

—¿**Cómo se atreve?** —aullaba—. ¡Yo no he robado esa receta!

Antes de escapar corriendo, papá **logró sacar** su **teléfono** y *¡clic!*

¿CÓMO CONFIRMÉ QUE LA SEÑORITA CARAMEL ERA INOCENTE?

Canapé

Caramel

Suflé

—¡¿Por qué no me dijo que la señorita **Caramel** era **calva**?!

En efecto, en el retrato de la pared lucía menos pelo que una **fuente de natillas.** Tal vez el guante le pertenecía, pero **el cabello dorado** no podía ser suyo.

—¡Porque usted no me lo preguntó! —se excusó el pastelero.

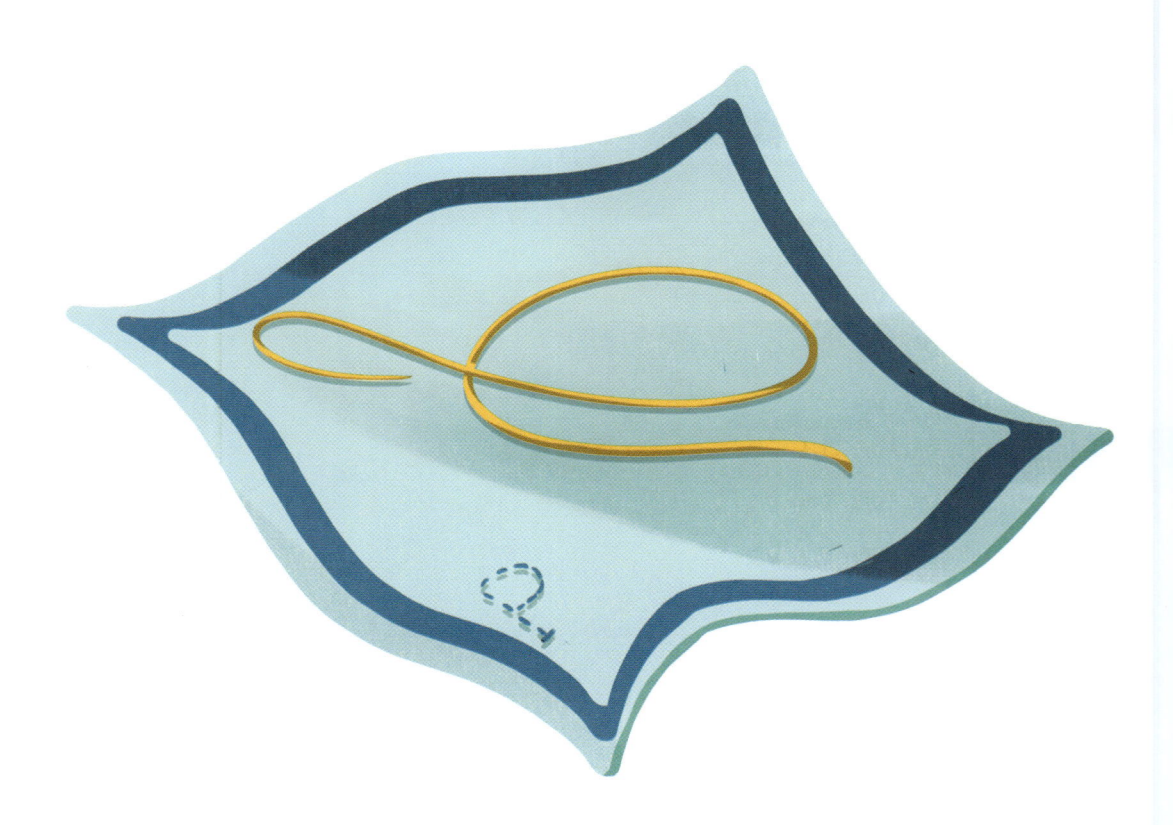

El **señor Crepe** tenía más empleados, pero todos tenían el cabello corto. Papá se quitó el sombrero para reflexionar. Ya estaba pensando otra vez en un camello cuando vio a alguien **acercarse de puntillas** a las vitrinas de dulces. Era una criatura de ojos golosos, pantalón corto… ¡y melena rubia!

—¿Quién es? —cuchicheó mi padre.

—Mi hijo **Louis** —suspiró el **señor Crepe** mientras atendía a una clienta—. ¡**Louis**, suelta esos bombones y vuelve a tu cuarto!

El crío puso **cara de fastidio** y regresó por donde había venido. Con una sospecha, papá se dispuso a seguirlo. Pero antes pidió más agua para limpiar el sombrero. Lo había puesto sobre una **tarta de crema.**

Unas escaleritas en la trastienda ascendían hasta la vivienda de la familia Crepe. Por allí se deslizó papá hasta encontrar el cuarto del niño. **Louis** estaba dentro, jugando con sus muñecos. El juego consistía en arrancarles la cabeza.

—¿Usted **quién es?** —gruñó al verse interrumpido.

—Soy el que sospecha que le robas las recetas a tu padre —sonrió papá.

—**No sé de qué me habla** —dijo el niño, nervioso.

Entonces papá **sacó su teléfono** del **sombrero** y *¡clic!*

¿CÓMO SUPE QUE LOUIS ERA EL CULPABLE?

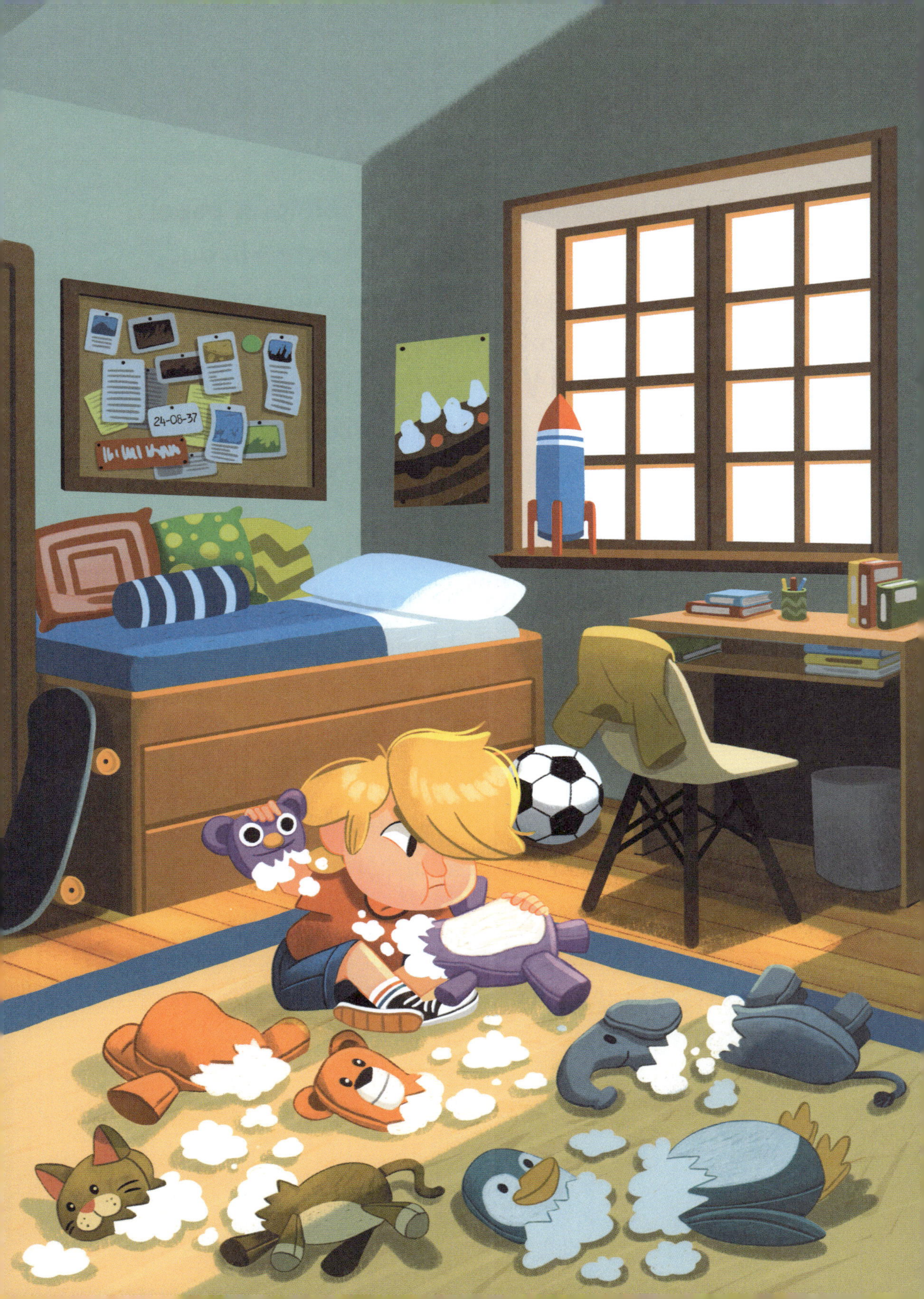
24-08-37

El muchacho tenía en su tablón un papel con la combinación de la caja fuerte. Sin duda era él quien la había abierto usando un guante que robó a la señorita Caramel.

—**¡Vale, fui yo!** —admitió **Louis**—. Espié a mi padre para averiguar la combinación y luego entregué la receta a la pastelería de enfrente, como siempre.

—¿Y por qué haces eso? —suspiró papá.

—**¡Porque mi padre no me deja comer dulces!** —lloriqueó el niño—. Dice que engordan y provocan caries. En la otra tienda me dan todos los pasteles que quiero a cambio de las recetas.

Cuando **Louis** juró que no volvería a hacerlo, papá regresó a buscar al **señor Crepe**.

—Sus recetas ya están a salvo —le sonrió—. Pero acuérdese de dar a su hijo un dulce de vez en cuando. **¡Aunque sea una piruleta de anchoas!**

UN FANTASMA CON PLUMAS

La ciudad entera estaba aterrorizada por un fantasma. Pero no era de esos que van por ahí arrastrando pesadas cadenas de hierro. Este prefería los collares de oro, los anillos de brillantes y los relojes caros. Y, más que arrastrarlos, los birlaba. Vamos, que era un **fantasma ladrón.** O un **ladrón** fantasma.

Por más que todos atrancasen puertas y ventanas, cada noche alguna nueva casa era **desvalijada.** Y, sin embargo, nadie lo había visto nunca salir ni entrar. Así es como llegaron a la conclusión de que venía del más allá. Y dispuesto a saquear todo el más acá.

Para aclarar el misterio, papá decidió visitar a la última víctima. **Miss Landú** vivía en un chalecito tan viejo y encorvado como ella misma. La diferencia es que el chalet tenía chimenea, y **miss Landú** un moño. Pero estaba tan furiosa que casi echaba humo ella también.

—**¡Mis joyas!** —gruñía—. Ese espíritu caradura se ha llevado todas mis joyas. ¿Y cómo me presento yo ahora en la discoteca?

Papá examinó la escena por si el fantasma hubiese dejado alguna pista, aunque fuera un hilo de su sábana. Sin embargo, lo único que encontró fueron retratos de gatitos, tapetes de ganchillo y figuritas de cerámica. Todo horrible, pero nada fuera de lugar.

Entonces **sacó su teléfono del sombrero** y *¡clic!*

¿QUÉ OBJETO EXTRAÑO DESCUBRÍ EN EL SALÓN DE MISS LANDÚ?

Siempre pensé que los fantasmas vestían sábanas andrajosas. Lo que no podía sospechar es que debajo llevasen **plumas.** Papá se acercó a recoger una de color negro que estaba tirada en la chimenea.

—**¿Tiene usted algún pájaro en casa?** —preguntó a **miss Landú.**

—Oh, sí —asintió ella—. Mi pobre **Pistacho** me hace mucha compañía.

La dama condujo a mi padre hasta la cocina. Allí, encaramado a una percha, había un **loro** con un plumaje muy vistoso… y más tieso que una merluza congelada. **Estaba disecado.**

—Quizá el ladrón es el fantasma del loro —se dijo papá.

Era una teoría tan original como ridícula. Parecía más lógico pensar en un pájaro de carne y hueso. Bueno, de carne y plumas. Seguramente usaba la chimenea para colarse en las casas y arramplar con las joyas.

—Bueno —admitió mi padre a regañadientes—. Será una urraca.

Sin embargo, al limpiarla de hollín, la **pluma** resultó ser casi **blanca.** Entonces papá decidió visitar a la **mejor especialista en aves de la ciudad.** Se llamaba **Rita Von Kant,** y su casa parecía una pajarera. Hasta el despacho lucía un elegante estampado de alpiste y cacas parduzcas.

—¿Sabría decirme **qué tipo de pluma** es esta? —le preguntó papá.

—¿No ve que estoy alimentando a mis pequeños? —chilló ella como un periquito—. **¡Averígüelo usted mismo!**

Entonces papá **sacó su teléfono** y *¡clic!*

¿A QUÉ ESPECIE DE PÁJARO PERTENECÍA LA PLUMA?

TÁNGARA
PALOMA
PERIQUITO
LORO
CANARIO
CUERVO
AGAPORNI
TUCÁN
GAVIOTA

Al parecer, la pluma la había perdido una **gaviota.** Lo supe porque era clavadita a otra que Rita tenía expuesta en su despacho.

Papá sabía dónde se reunían aquellas **aves sinvergüenzas: ¡en el puerto!** Él mismo parecía un gran pájaro cuando llegó allí con el abrigo ondeando al viento.

El lugar estaba muy animado. Los barcos descargaban sus mercancías y los pescadores remendaban sus redes voceando rudas canciones marineras. A veces se pinchaban con la aguja y se echaban a llorar. Olía a petróleo, a pescado y a pis de gato. Un montón de **mininos** merodeaban en busca de una **sardina** que echarse a la boca.

Huyendo del estruendo, una nube blanca de gaviotas planeaba sobre los barcos. Papá se rascó la cabeza. **A ver cómo las interrogaba a todas.**

—Disculpen —voceó—. ¿Alguna de ustedes **ha perdido una pluma**?

Como los pájaros no contestaban, esperó a que se posasen sobre el muelle. Luego **sacó su teléfono** y *¡clic!*

¿CÓMO SUPE A QUÉ GAVIOTA PERTENECÍA LA PLUMA?

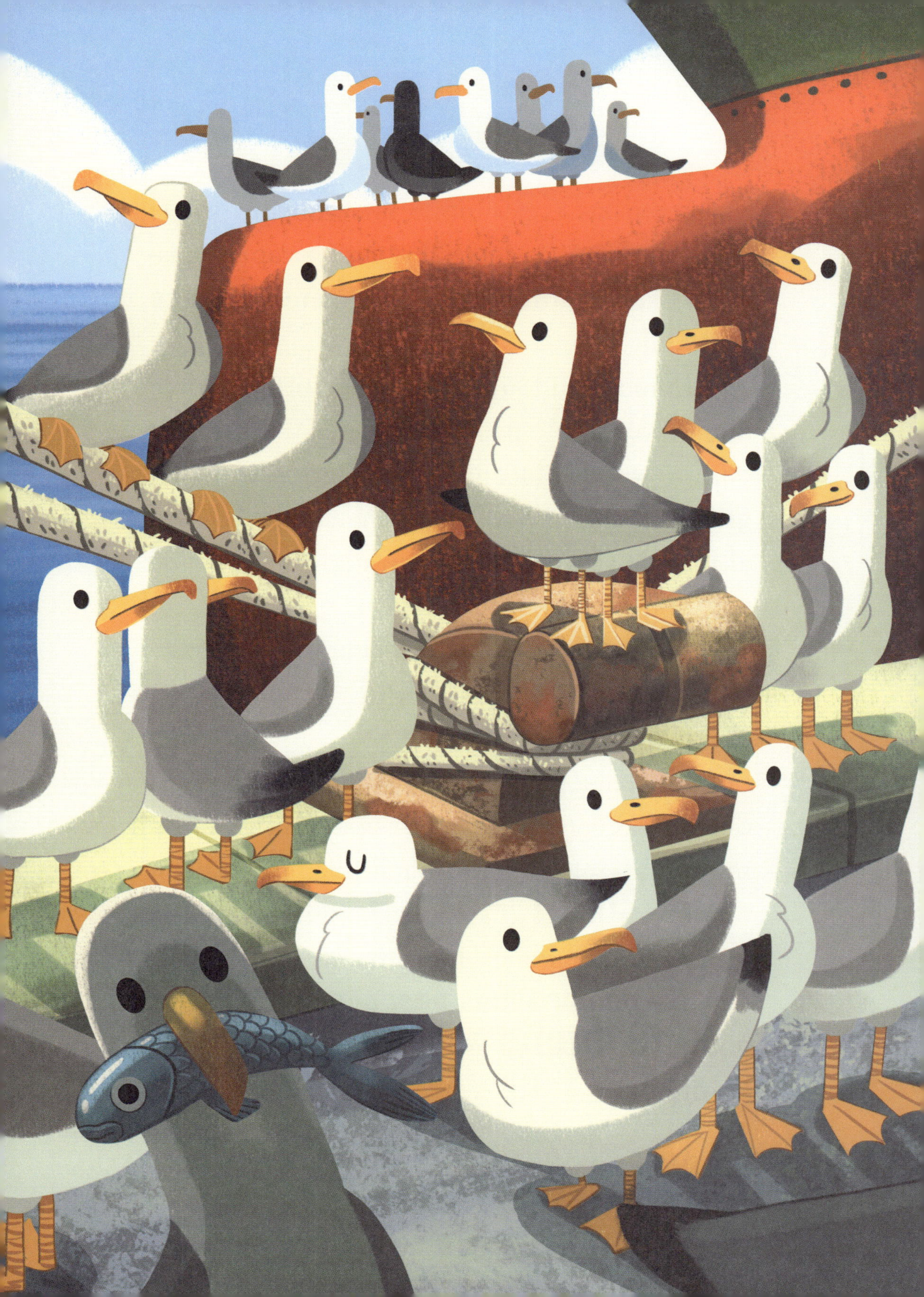

Una de las gaviotas estaba más negra que el ombligo de una cucaracha. ¡Debía de haberse manchado al atravesar la chimenea de **miss Landú**!

El único modo de atraerla era ofreciéndole alimento, así que papá se acercó a un puesto y compró media docena de boquerones en vinagre. Estaban tan ricos que para cuando regresó al muelle se le habían terminado y tuvo que comprar media docena más.

—Toma, rica —dijo, ofreciéndole un pececillo al ave—. **Un tentempié.**

La gaviota negra se posó dócilmente en el brazo de papá para devorar el manjar. Ya iba él a detenerla cuando descubrió que llevaba un diminuto brazalete en una pata. Tenía grabado un nombre: **GOLIAT**. Eso indicaba que pertenecía a alguien. ¡Era una gaviota amaestrada!

—**Te compro más pescado si me llevas hasta tu dueño** —dijo papá, limpiándole las plumas.

El pájaro levantó el vuelo como si le hubiera entendido. Mi padre corrió detrás, atropellando a los marineros del puerto. Al fin, el ave se posó en lo alto de un tejado. Pertenecía a una **casucha miserable** cuyo aldabón tenía forma de ancla. Papá descargó tres golpes sobre la puerta.

—**¿Sí?** —gruñó el forzudo que salió a recibirlo.

Al principio, papá pensó que llevaba un pijama estampado. Luego se fijó mejor y advirtió que era su piel la que estaba **tatuada hasta el ombligo.** Tenía encima más tinta que una lata de calamares. Por lo demás, solo lucía unos calzoncillos marineros.

—**¿Es su-suya esa ga-gaviota?** —preguntó, señalando a Goliat con un dedo tembloroso.

—No la he visto en mi vida —masculló el hombretón de malos modos.

—**Ya** —desconfió papá—. ¿Entonces me deja sacarle una foto? Es para nuestra revista

Merluzas y Músculos. **Podríamos nombrarle marinero del mes.**

Los bíceps del sospechoso se hincharon de orgullo mientras posaba. Papá **sacó** su **teléfono** y *¡clic!*

¿CÓMO SUPE QUE EL FORZUDO ERA EL DUEÑO DE GOLIAT?

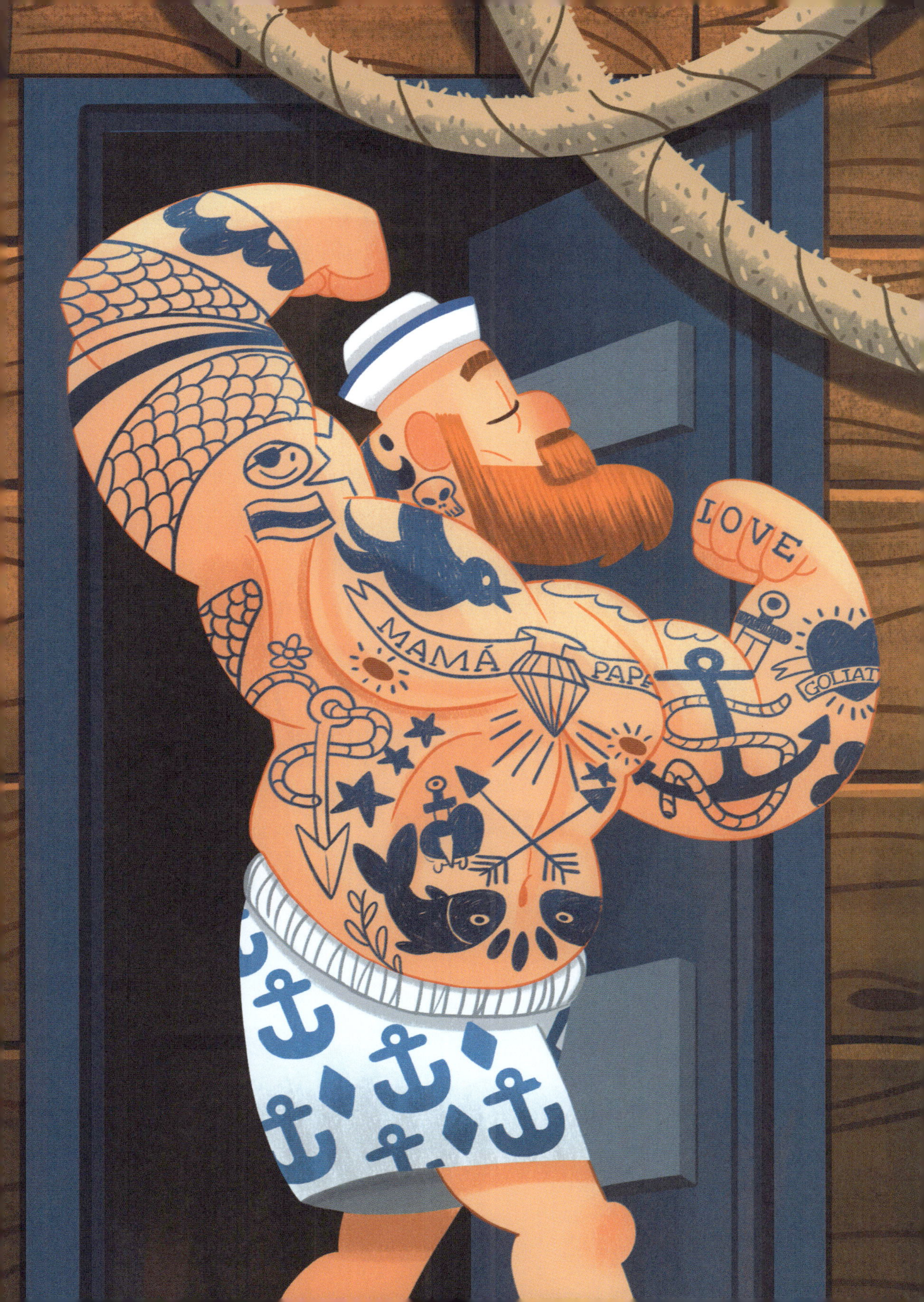
LOVE
MAMÁ
GOLIAT

El marinero debía conocer a la gaviota, pues **llevaba su nombre tatuado** en el brazo junto a un pequeño corazón. Era él quien la había **amaestrado** para desvalijar casas. El hombre se desinfló como un globo pinchado al confesar su crimen.

Papá encontró las joyas robadas en un barril. Como las esposas normales no servían, la policía tuvo que llevarse al marinero atado con unas amarras de barco. Mientras, papá salió a buscar a **Goliat** y le quitó el brazalete de la pata.

—**¡Te debo una de boquerones!** —le dijo, mientras el ave salía volando.

Llevaba el **sombrero** de mi padre en el **pico.**

EL CRIMEN DEL ABRELATAS

Cierta noche, papá entró en mi cuarto con un **periódico arrugado** bajo la gabardina.

—Mira qué caso tan interesante, **Ágata** —me sonrió—. Parece hecho a mi medida.

«Robado el rubí más valioso del Museo de Historia», leí en la portada.

—Ese no —negó él, dando la vuelta al diario—. Me refiero a este otro.

«Asalto en la tienda de conservas», decía una noticia diminuta en la última página.

Así es papá. Le intriga más el robo de unos **pepinillos en vinagre** que el de una **joya famosa.** Por eso al día siguiente tomó un taxi hasta la **tienda de conservas.** Se trataba de un local oscuro y diminuto lleno hasta arriba de latas. Bueno, más bien hasta abajo, porque estaban todas tiradas por el suelo. Un viejo dependiente con cara de sueño ponía orden sin dejar de refunfuñar.

—Buenos días —le sonrió papá—. Soy el detective Picard y vengo a investigar. **¡Espero no darle mucho... la lata!**

Encantado con su chiste, mi padre soltó una carcajada. O más bien media. Tuvo que dejarla a la mitad al ver la cara del empleado.

—**Perdón** —se excusó, poniéndose serio—. ¿Puede explicarme qué ha pasado aquí?

—**¿Es que no lo ve?** —resopló el hombre—. Algún **sinvergüenza** forzó ayer la puerta del local para divertirse poniéndolo todo latas arriba.

—¿Quiere decir que no robó nada?

—¡Ni siquiera se molestó en abrir la caja registradora! —gruñó el hombre—. **Bah,** estos ladrones de ahora son unos flojos.

Extrañado, papá **sacó su teléfono** y *¡clic!*

¿QUÉ ERA LO ÚNICO QUE HABÍA ABIERTO EL INTRUSO?

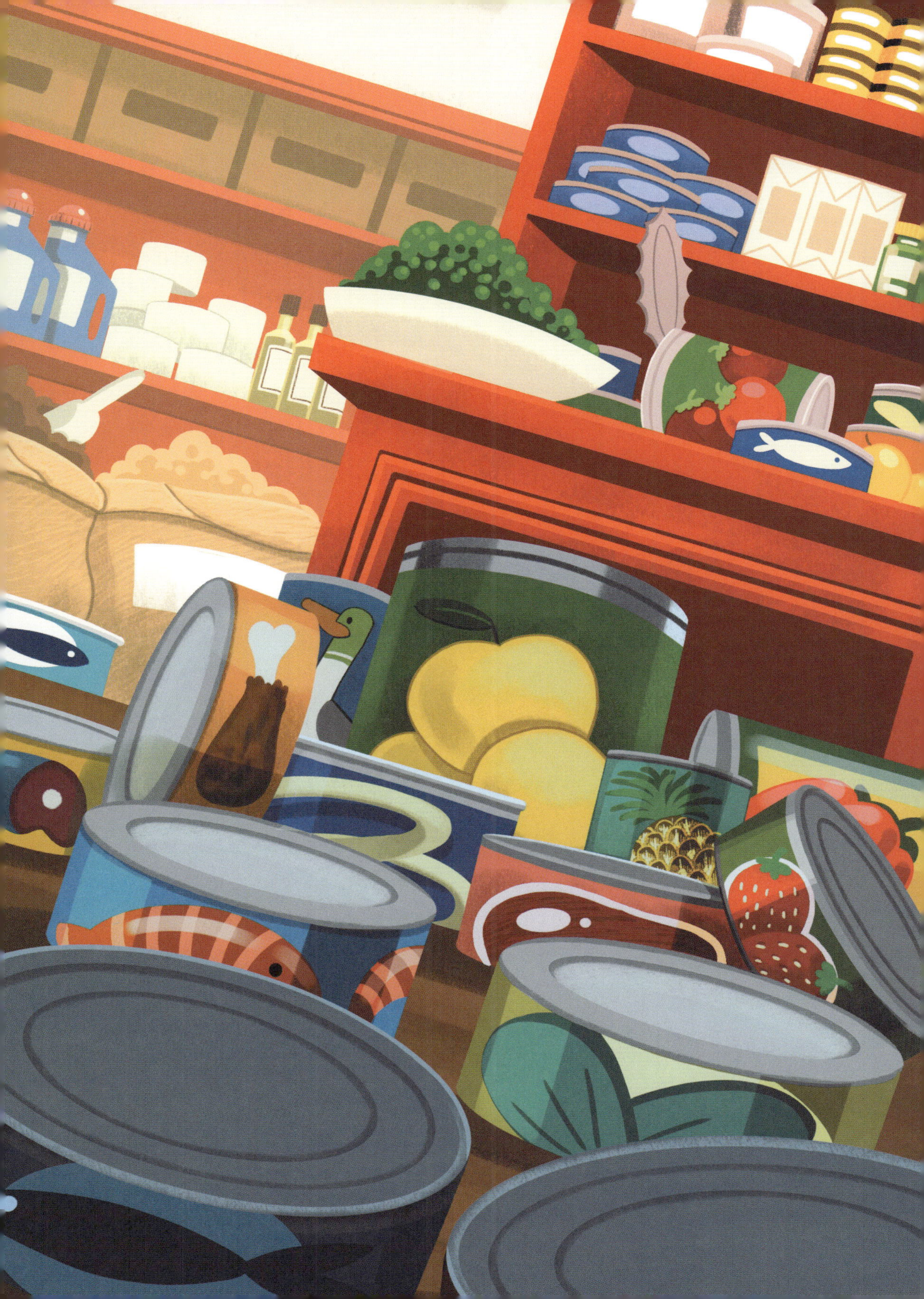

Solo parecía haber una cosa que hubiera interesado al ladrón: una **lata de tomates** de la marca **El Rey de la huerta.** Curiosamente, era el único envase abierto en mitad del desbarajuste.

—Vaya lata de robo, **¿eh?** —sonrió mi padre, antes de que el anciano lo echase a escobazos.

El culpable no había dejado pistas, pero tampoco tardó en volver a actuar. Aquella misma tarde empezaron a llegar noticias de nuevas **latas abiertas o robadas.** Y todas eran de la misma marca de tomates. Los envases se esfumaban de los supermercados como por arte de magia. Las ensaladas desaparecieron de los menús y los restaurantes italianos tuvieron que servir los espaguetis con mermelada de fresa.

—**La cosa tiene tomate** —comentó papá.

—Muy gracioso —gruñí—. Estoy convencida de que el ladrón anda buscando algo en esas latas. Deberías ir a echar un vistazo en **El Rey de la huerta.**

La fábrica de conservas estaba en un gran edificio de ladrillo oscuro. Incluso desde fuera podía oírse el estruendo de la maquinaria. Una guardia de seguridad rolliza y sonrojada vigilaba el recinto.

—Soy el **detective Picard** —se presentó papá al bajar del taxi—. ¿Ha visto a alguien raro por aquí últimamente?

—¿Aparte de usted? —preguntó ella con desgana—. No creo.

Después de mucho insistir, mi padre consiguió que la mujer le mostrase las cintas de las cámaras de seguridad de los días anteriores al robo. El problema es que en todas se repetía exactamente lo mismo: **tomates.** Papá ya lo veía todo rojo cuando **sacó** su **teléfono** y *¡clic!*

¿QUÉ DESCUBRÍ ENTRE LOS TOMATES?

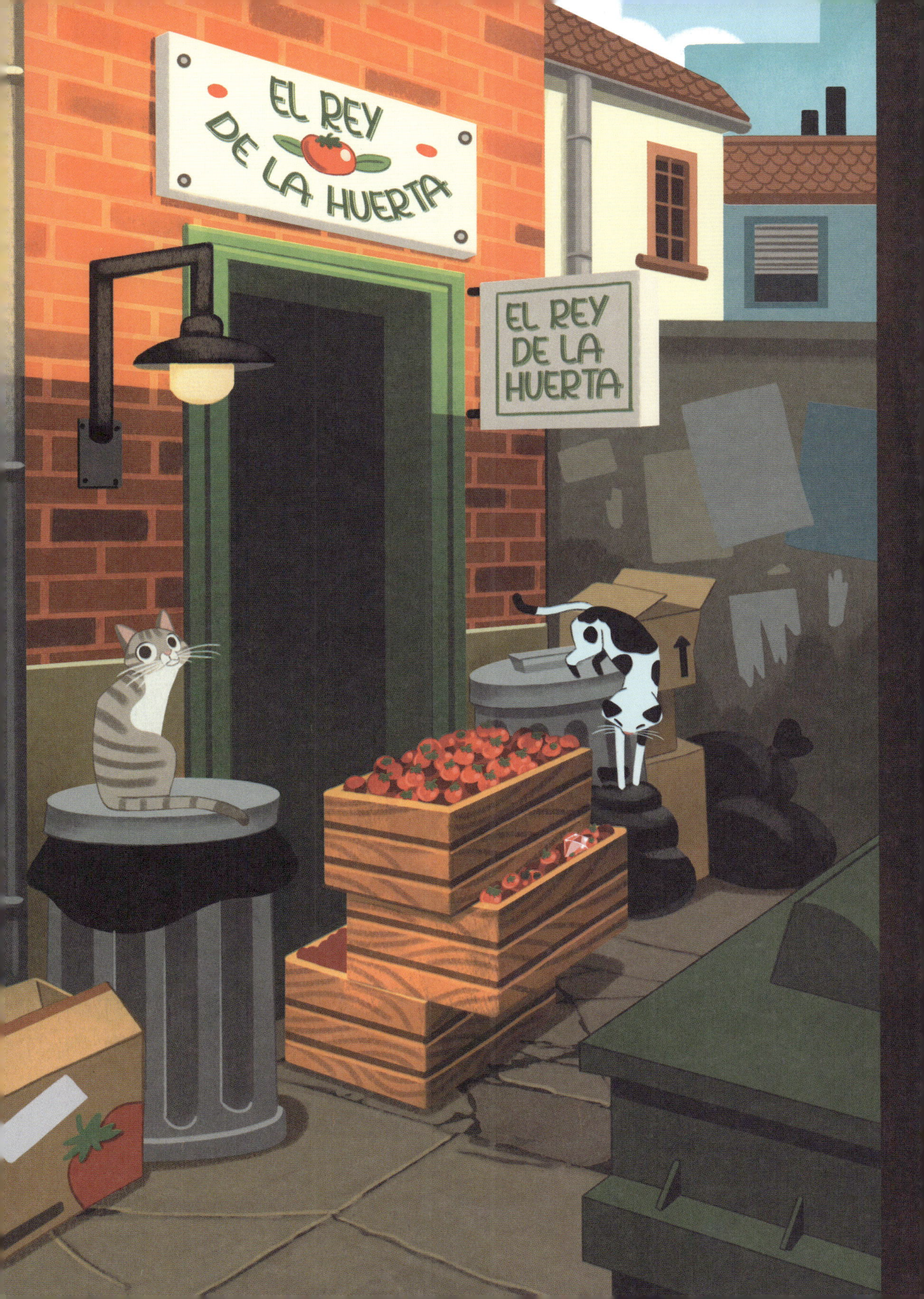
EL REY DE LA HUERTA
EL REY DE LA HUERTA

En una de las cajas del callejón había algo que brillaba mucho para ser un simple fruto. Sin duda se trataba de una enorme piedra preciosa. Y, además, yo ya la había visto antes. **¡Era el valioso rubí cuyo robo había salido en las noticias!**

—Arrea —dijo papá—. Entonces los **dos casos del periódico están relacionados.**

Exacto. De algún modo extraño, la joya robada había terminado entre los tomates…

y luego en el interior de una lata. El ladrón debía de andar buscándola.

Sin perder tiempo, papá tomó otro taxi hasta el **Museo de Historia**. La **directora** tenía los **ojos** tan **rojos** como la joya robada. Llevaba llorando desde que desapareció.

—¡No sé cómo pudo ocurrir todo a plena luz del día! —se lamentó—. El **rubí** era una pieza única y estaba en una vitrina en el centro de la sala, a la vista de todos.

—Pues ahora podría estar en un **plato de macarrones** —repuso papá—. ¿No interrogaron a los visitantes del museo al descubrir el robo?

—Por supuesto, la policía tomó sus nombres y los registró a todos —suspiró ella—. Pero ninguno llevaba la joya encima y tuvimos que dejarlos marchar.

La mujer mostró a papá la sala donde se guardaba el **rubí.** Él **sacó** su **teléfono** y *¡clic!*

¿CÓMO HIZO EL CULPABLE PARA SACAR LA JOYA DEL MUSEO?

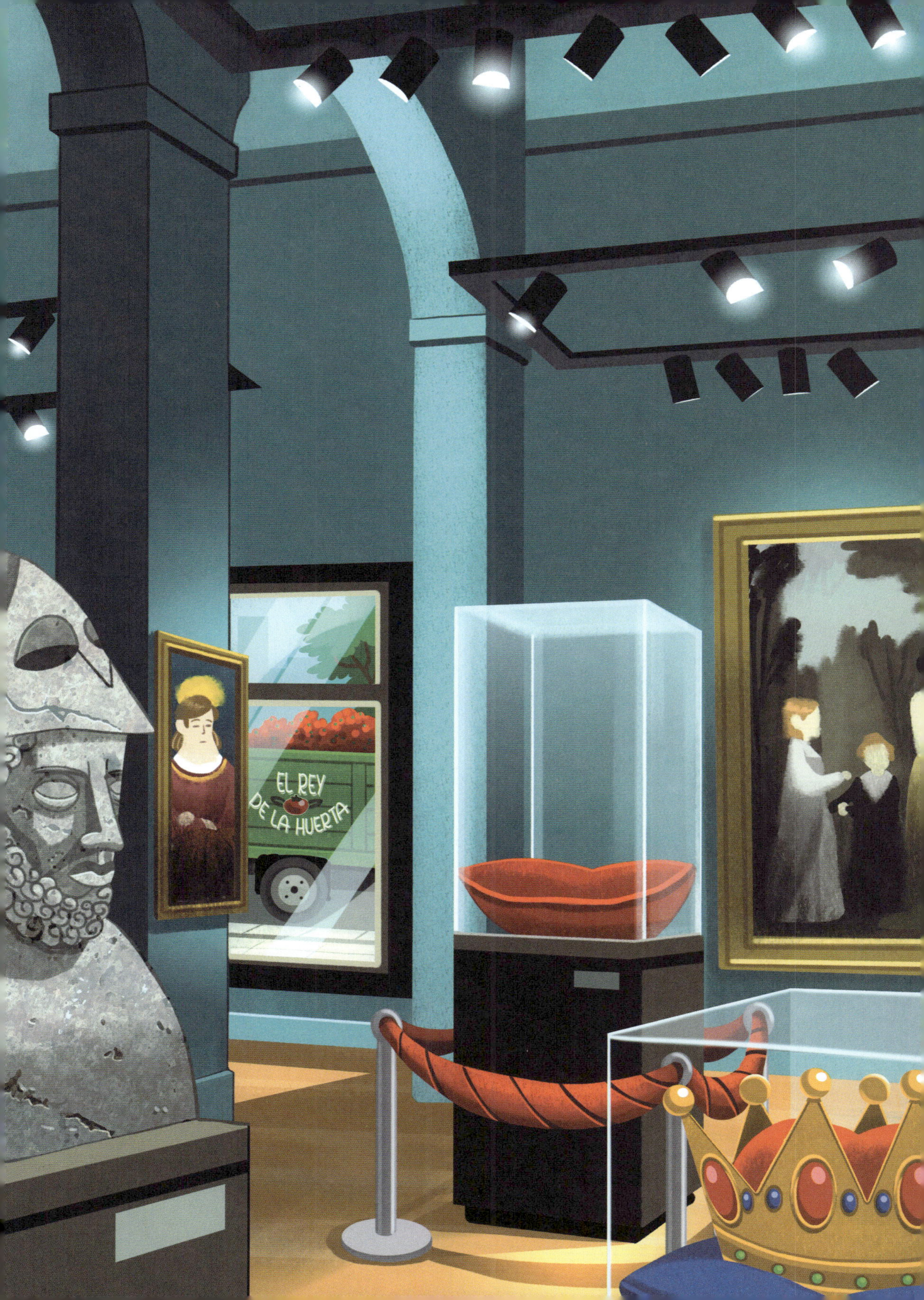
EL REY
DE LA HUERTA

Tras las ventanas del museo había un camión de **El Rey de la huerta.** Si sus vehículos solían aparcar allí, el ladrón solo había tenido que lanzar la joya para encestarla entre los tomates. Por desgracia para él, no había llegado a tiempo a la fábrica para recuperarla.

—Encontraremos ese **rubí** —aseguró papá a la directora—. Pero necesito los nombres de los visitantes que estaban en esta sala cuando se produjo el robo.

La lista se reducía a tres sospechosos, pero a papá se le había acabado el dinero para taxis y tuvo que ir a verlos a patita. El pobre empleó toda la tarde en encontrar sus casas y asomarse con disimulo por las ventanas.

Cada vez que lo hacía, **sacaba su teléfono** y *¡clic!*

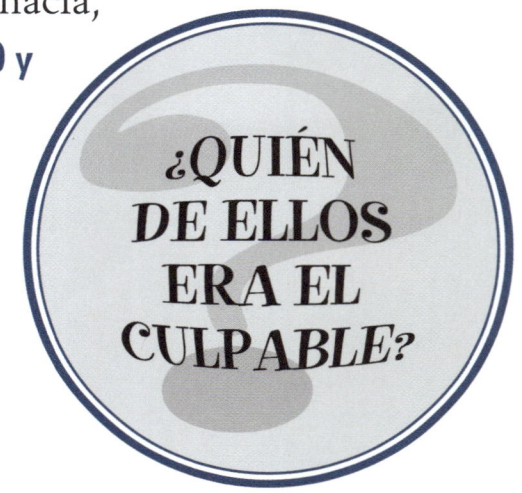

¿QUIÉN DE ELLOS ERA EL CULPABLE?

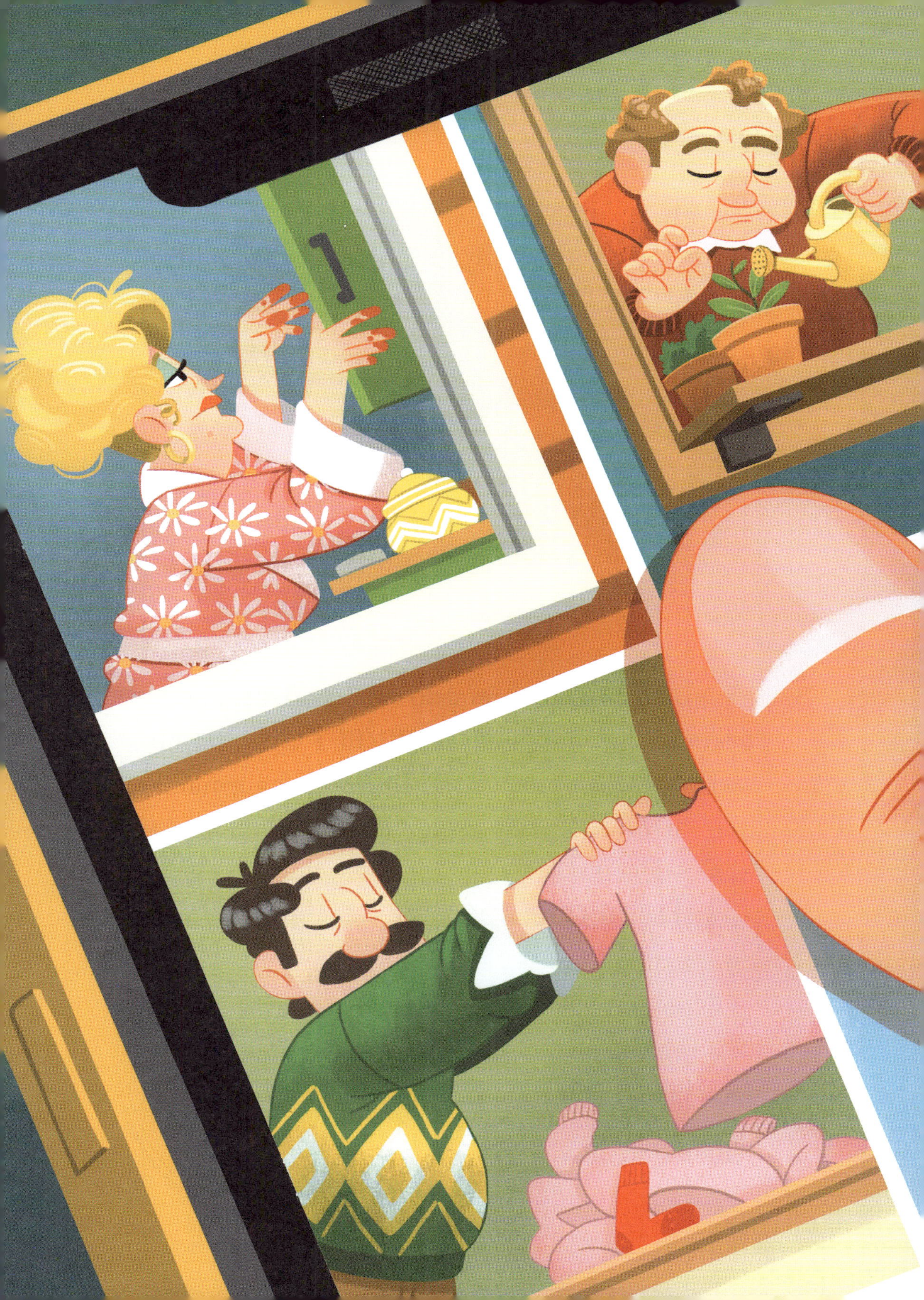

No tardé ni un segundo en advertir algo extraño en las manos de la **mujer rubia. ¡Tenía los dedos teñidos de rojo!** Debía de habérselos manchado mientras abría latas de tomates en busca del rubí.

—**Tiene que ser ella** —informé a papá en un mensaje.

Una patrulla policial acudió inmediatamente a registrar su casa. En efecto, la mujer ocultaba en el sótano un **cargamento de botes de** conserva **robados.** En el bolsillo de su bata floreada apareció un **abrelatas** roñoso y de punta desgastada.

—No es lo que piensan —gruñó mientras la arrestaban—. **Es que… es que quiero batir el récord de la ensalada más grande del mundo.**

Un montón de agentes trabajaron durante horas para abrir hasta la última lata. Y precisamente fue en ella donde apareció al fin el dichoso **rubí.** Hubo que frotarlo con mucho jabón antes de que estuviera listo para devolverlo al museo.

—Pediremos comida para celebrarlo —dijo papá aquella noche—. Dime qué es lo que más te apetece.

Creo que no le gustó que eligiera **macarrones con tomate.**

ESCÁNDALO EN 3.º B

Papá está acostumbrado a tratar con peligrosos bandidos y ladrones. Sin embargo, hubo una vez en que tuvo que enfrentarse a algo aún peor: **¡los alumnos de 3.º B!**

Todo empezó una mañana de lluvia con una llamada telefónica.

—Aquí el detective Picard —contestó mi padre—. Para servirle y arrestarlo.

—Venga corriendo al **Colegio Pequeños Salvajes** —replicó una voz—. ¡Se ha producido un asalto!

La voz pertenecía a una niña de siete años. Se llamaba **Lily,** y lo que habían asaltado era su taquilla de la escuela. La había encontrado revuelta al volver del patio. Estaba llorando sobre un pupitre cuando papá entro en la clase.

—**¡Es indignante!** —berreaba la cría, con dos mocos colgándole de la nariz—. ¡Ya ni en el recreo se puede estar tranquila!

Sus compañeros **se acusaban unos a otros.** Los alumnos de 3.º A daban golpes en la pared de al lado para pedir silencio. La maestra no decía nada. Estaba ocupada pintándose las uñas de los pies sobre el libro de Historia.

—A ver, ricura —dijo papá—. ¿Qué es lo que te han quitado de la taquilla?

—Averígüelo usted mismo, que para eso cobra —replicó ella—. Aquí tiene una **lista.**

Con un suspiro, papá salió al pasillo a examinar la taquilla. Tardó un poco porque llevaba un alumno de preescolar colgando de cada pierna. Después **sacó su teléfono** y *¡clic!*

- Dos cómics
- Un tirachinas
- Medio bocadillo de chorizo
- Un álbum de cromos
- Un par de calcetines
- Cinco cromos de futbolistas
- Tres botones
- Una rana

¿QUÉ ES LO QUE FALTABA EN LA TAQUILLA?

La cosa era más grave de lo que parecía. El culpable se había llevado uno de los **cromos de fútbol** de **Lily.** Y no uno cualquiera.

—¡Era el de **Valentino Balonni**! —solló la niña—. **¡El máximo goleador de la liga!**

Como todo el mundo sabe, el cromo de Valentino Balonni es el **más difícil de conseguir.** Se decía que en un pueblo cercano alguien lo había cambiado por un jacuzzi y seis docenas de gambas. Era una exageración. En realidad solo habían sido cinco docenas.

Lily era la única de clase que poseía aquel **valioso pedacito de papel.** Estaba esperando a reunir mocos suficientes para pegarlo en su álbum.

Ahora, en cambio, le sobraban mocos y le faltaba el cromo.

—Me lo han quitado durante el **recreo** —lloriqueó.

Seguramente, el culpable sería uno de los alumnos que seguían la colección. En total eran **siete sospechosos,** pero todos respondieron lo mismo al ser interrogados. Que durante el crimen estaban en el patio, saltando entre los charcos.

Entonces papá los hizo posar a todos frente a la pizarra. Luego **sacó su teléfono** y *¡clic!*

¿CUÁL DE ELLOS NO HABÍA BAJADO AL PATIO?

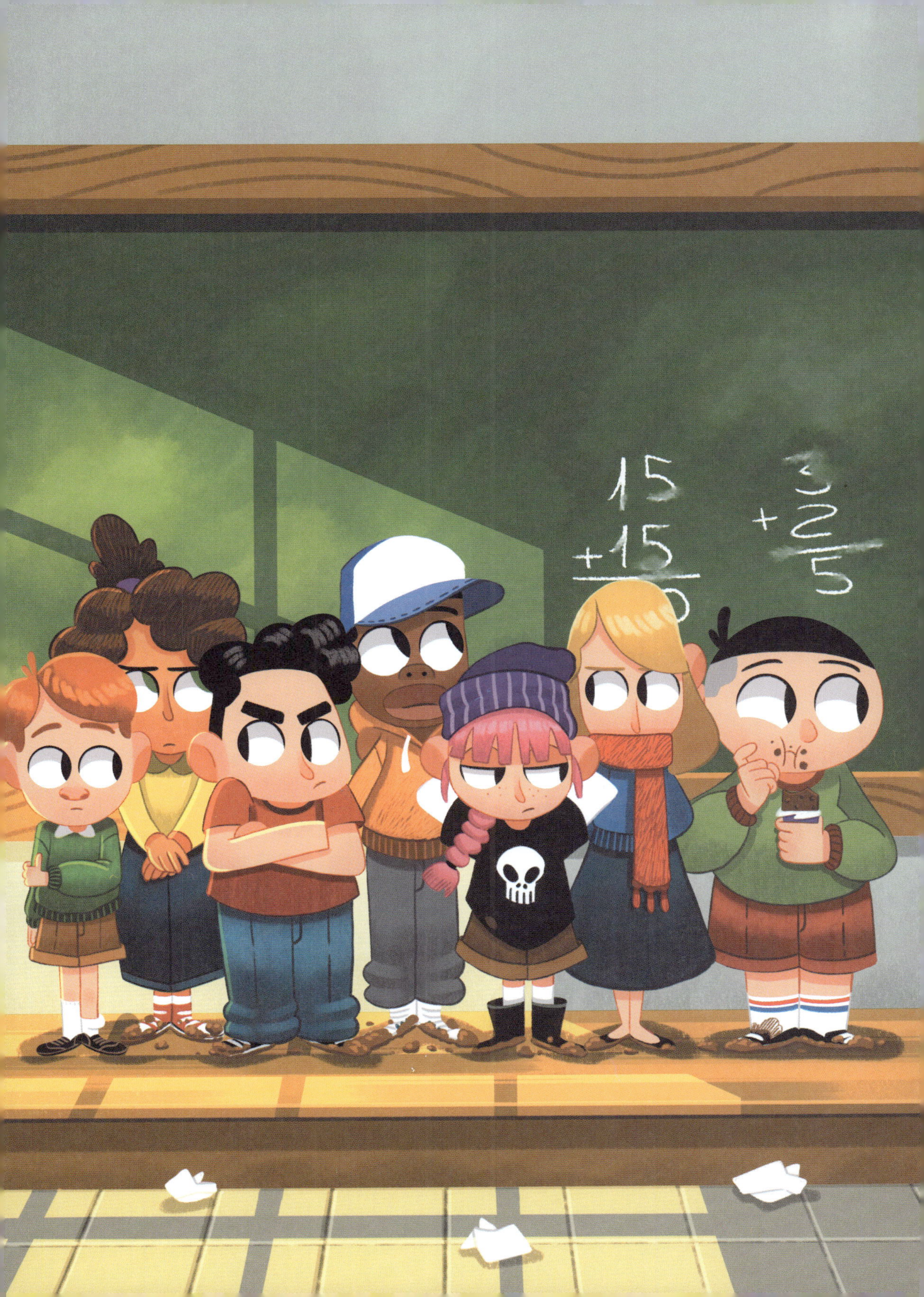
15
+15
3
+2
5

Enseguida advertí que el chico pelirrojo tenía las **zapatillas relucientes.** Si no se las había manchado de barro es porque no había salido al recreo.

—¡Has sido tú, **Franz**! —rugió **Lily**—. ¡Tú me has robado el cromo!

—¡**Ladrón, ladronzuelo!** —canturrearon todos—. ¡Que robas hasta a tu abuelo!

—**Mentira** —murmuró el pobre **Franz,** al borde de las lágrimas—. Es solo que me tenéis envidia porque yo sé quién descubrió América.

—Vaya cosa —replicó una mocosa—. La descubrió Cleopatra.

—No, hombre —le corrigió otro—. Fue Napoleón.

La profesora no dijo nada. Estaba demasiado ocupada resolviendo un **crucigrama.** Papá trató de poner orden mientras esquivaba avioncitos de papel.

—A ver —dijo, dirigiéndose a **Franz**—. **¿Dónde estuviste durante el recreo?**

—En la **biblioteca,** haciendo los deberes —confesó el niño, avergonzado.

Los niños se llevaron las manos a la cabeza. Aquello era aún peor que lo del cromo. ¿Cómo iba a preferir nadie los deberes a los charcos?

Papá pidió al pequeño sospechoso que lo guiase a la **biblioteca.** Sus compañeros marcharon detrás, apuntándole con gomas y lápices afilados.

—**Estuve aquí todo el tiempo** —juró el niño—. Incluso tomé prestado un libro.

Entonces papá **sacó su teléfono** y *¡clic!*

¿CÓMO SUPE QUE FRANZ DECÍA LA VERDAD?

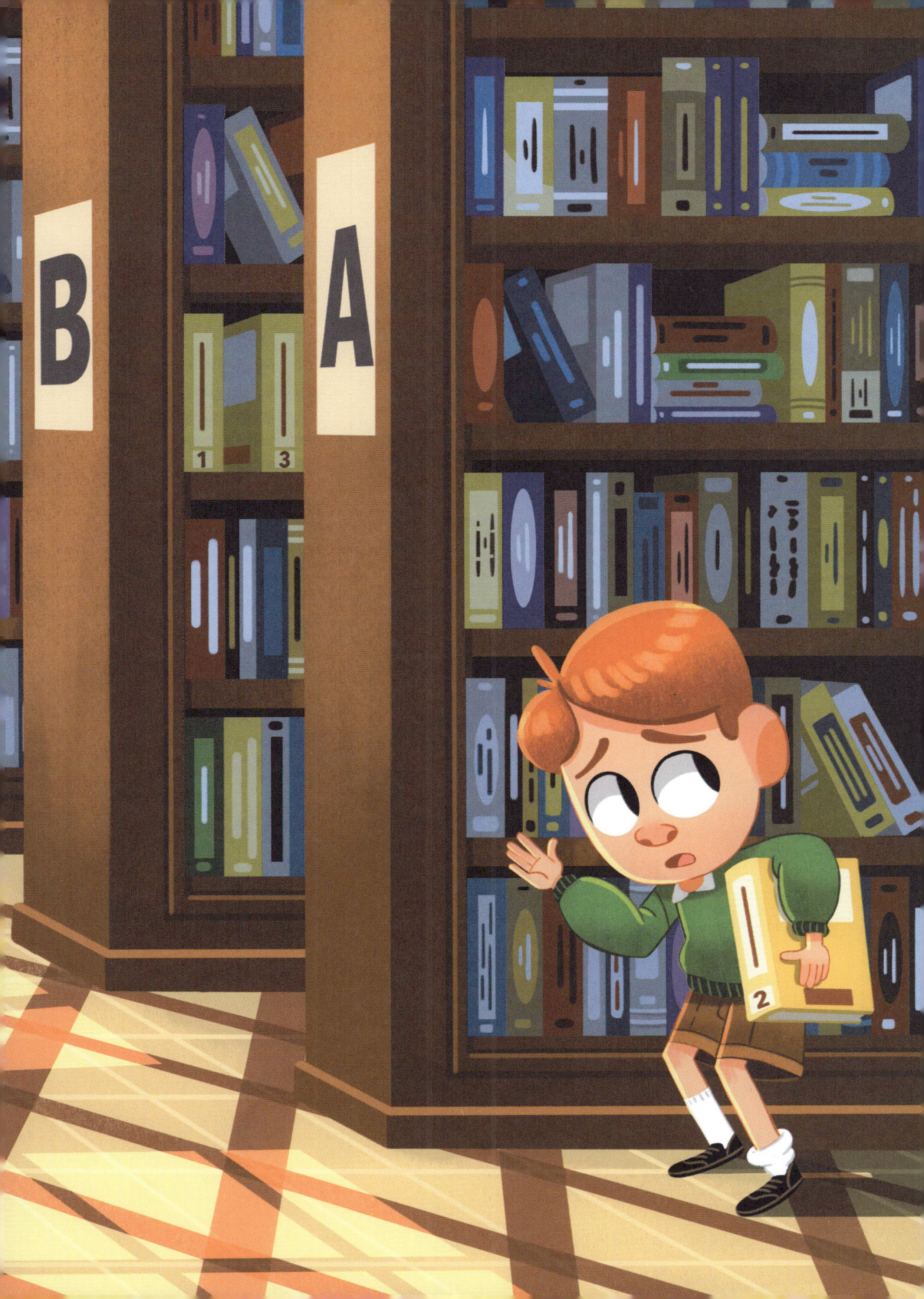
B
A
1
3
2

En una de las estanterías de la biblioteca faltaba un volumen. Y era precisamente el que **Franz** tenía en la mano.

Ante semejante **noticia,** se armó un nuevo alboroto. Los mismos niños que habían acusado a **Franz** lo levantaron en hombros y montaron una manifestación por el pasillo.

—**¡No lo ha robado, no lo ha robado!** —cantaban ahora—. ¡Nuestro amigo **Franz** es honrado!

El problema era que nos habíamos quedado sin sospechoso. Y, sobre todo, que el timbre estaba a punto de sonar. Entonces todos saldrían de la escuela y el crimen quedaría sin resolver.

Confundido, papá se quitó el sombrero para rascarse la cabeza. Alguien le había llenado el forro de **chicles.** Mientras los despegaba, **Lily** levantó la mano.

—Un momento —dijo—. Quizá Franz vio al culpable desde la biblioteca. Hay que pasar por delante para llegar a 3.º B.

—**¡Es cierto!** —exclamó papá—. Franz, **¿no viste a nadie dirigirse a clase durante el recreo?**

—Hmm —el chico reflexionó—. Solo a una persona: la **señorita Margaret.**

—¿Vuestra profesora? —se asombró mi padre—. ¡Rápido, volvamos al aula!

La **señorita Margaret** no advirtió la que se le venía encima. Estaba demasiado ocupada haciendo un puzle de la torre Eiffel.

—¡Ella robó el **cromo!** —gritó mi padre, señalándola.

Del susto, la maestra alzó las manos. Un montón de piezas de puzle salieron disparadas.

—¿Está usted **loco?** —gritó—. ¿Cree que a mí me interesan esas tonterías?

Entonces mi padre **sacó** su **teléfono** y *¡clic!*

¿DÓNDE OCULTABA LA MAESTRA EL CROMO ROBADO?

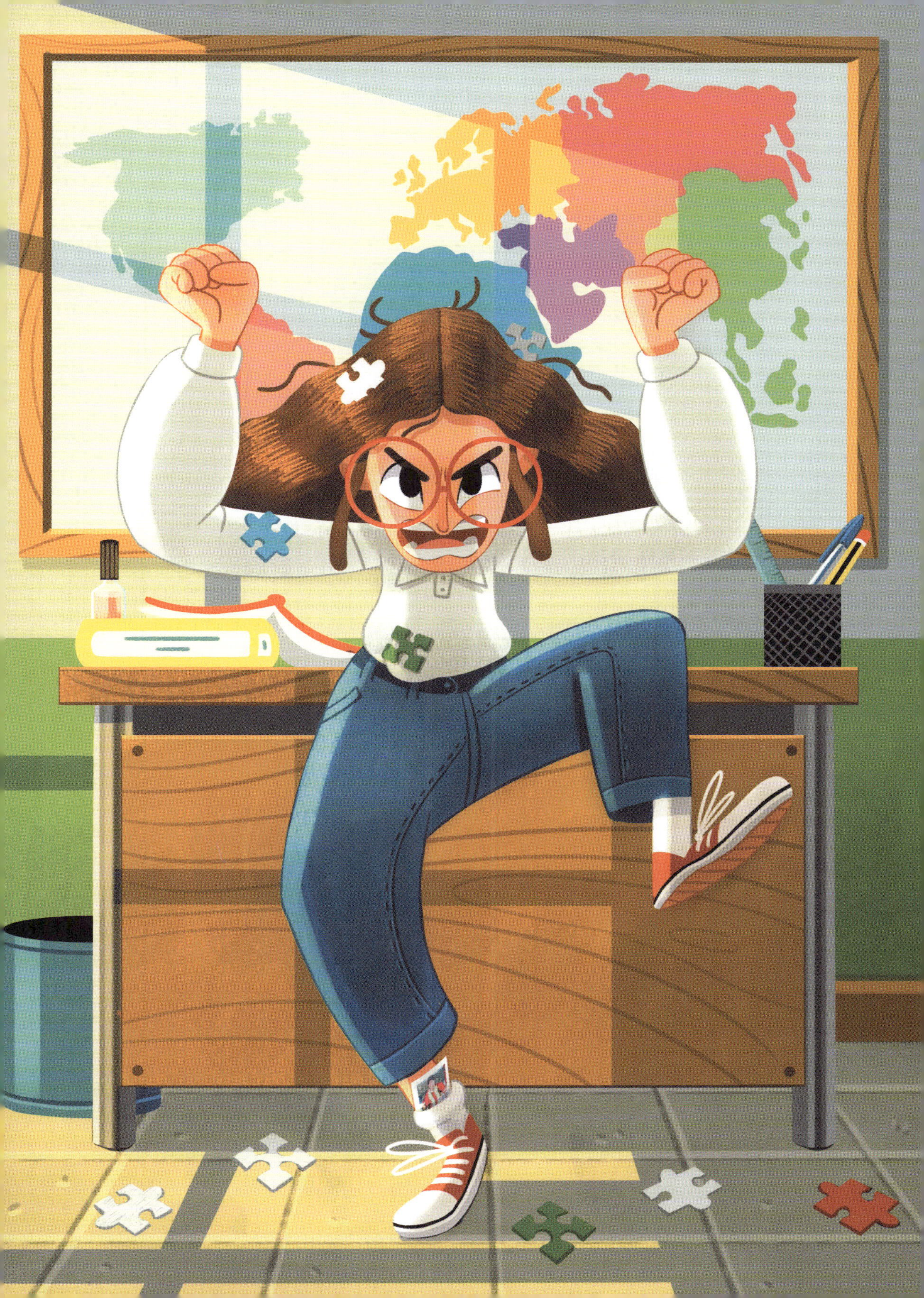

La **señorita Margaret** sería muy hábil con las matemáticas, pero muy torpe para esconder su botín. El **cromo de Valentino Balonni** le asomaba por uno de los calcetines.

—¿Por qué lo hizo, profe? —preguntó **Lily** después de recuperarlo.

—¡Porque a mí también me encanta el fútbol! —gimió la maestra—. Pero conmigo nadie quiere cambiar cromos, ni jugar a nada, ni compartir el bocadillo. **¡Ninguno me hacéis el menor caso!**

Los **alumnos de 3.° B** se miraron, conmovidos. Luego, sin decir una palabra, todos sacaron sus cromos repetidos y los pusieron sobre la mesa de la profesora.

—**Ay** —se emocionó ella—. Muchas gracias, queridos.

Luego, después de pegarlos todos en su álbum, lo cerró de golpe y canturreó:

—**¡Y ahora, examen sorpresa!**

LA CONDESA Y LA CRIADA

El Gran **Teatro Royal** se preparaba para un gran estreno. La obra que iba a representarse aquella noche se titulaba *La desaparición de la condesa*.

Dos horas antes de la función, el director telefoneó a mi padre. **¡La condesa había desaparecido!**

—¿Pero no es eso lo que debía pasar? —preguntó inocentemente papá.

—Me refiero a la actriz que la interpreta, membrillo —gruñó el director—. ¡Venga sin perder tiempo!

Cuando papá llegó al teatro, el patio de butacas estaba ya limpio y reluciente. Al otro lado del telón, en cambio, había tal lío que parecía la guerra. Todo eran **gritos y nervios,** y actores en calzoncillos ensayando su papel. Entre los focos brillaba una **calva empapada en sudor.** Era la del director de la función.

—**Miss Tutú** es nuestra primera actriz —explicó el hombre, angustiado—. Siempre llega la primera para ensayar su papel, y sin embargo su camerino lleva horas vacío.

Papá se puso en marcha, decidido a encontrar a **miss Tutú.** Y después a pedirle un autógrafo. Al fin y al cabo, era la actriz más famosa de la ciudad.

La más **famosa,** pero no la más ordenada. De hecho, su camerino parecía una jaula de monos. Eso suponiendo que los monos usasen pelucas y maquillaje. Papá se acercó al **tocador** por si había dejado alguna pista. Luego **sacó su teléfono** y *¡clic!*

¿QUÉ OBJETO EXTRAÑO DESCUBRÍ EN EL TOCADOR?

Por muy actriz que fuese, era raro ver un **bigote** entre las cremas de **miss Tutú.**

—Lo dejaría aquí después de afeitarse —comentó papá.

—**¡Es un bigote postizo!** —resopló el director—. Pertenece al **protagonista** de la obra.

Papá encontró al actor peinándose el flequillo con coquetería. El flequillo lo tenía entre las manos, igual que el resto del **peluquín.** Por lo visto, ni un pelo de los que sacaba en la función era suyo.

—**Tenga, ha perdido el bigote** —le sonrió papá.

—Oh, gracias —sonrió él—. Debió de caérseme durante los ensayos.

—**No mienta** —papá dejó de sonreír—. Este montón de pelos estaba en el tocador de **miss Tutú.** ¡Explíqueme cómo ha llegado allí!

El actor se derrumbó al verse acorralado. Entonces confesó que aquella tarde había visitado a **miss Tutú** en su camerino. Pero por una buena razón.

—Fui a **declararle mi amor** —suspiró—. Y a decirle que es la mujer más bella, delicada y exquisita del mundo.

—¿Y qué le respondió ella?

—**Me pegó un bofetón** —el actor se echó a llorar—. Del golpe debí de perder el bigote.

—¿Y qué pasó después?

—**Miss Tutú** me dejó solo y se fue a ver al sastre —gimió el hombre—. Por lo visto, se le había descosido un **botón del vestido.**

Papá lo dejó limpiándose las lágrimas del peluquín y corrió a la sala de vestuario. El sastre no estaba, pero había un montón de prendas esperando a ser arregladas. Entonces papá **sacó** su **teléfono** y *¡clic!*

¿DE QUÉ PRENDA SE HABÍA DESCOSIDO EL BOTÓN?

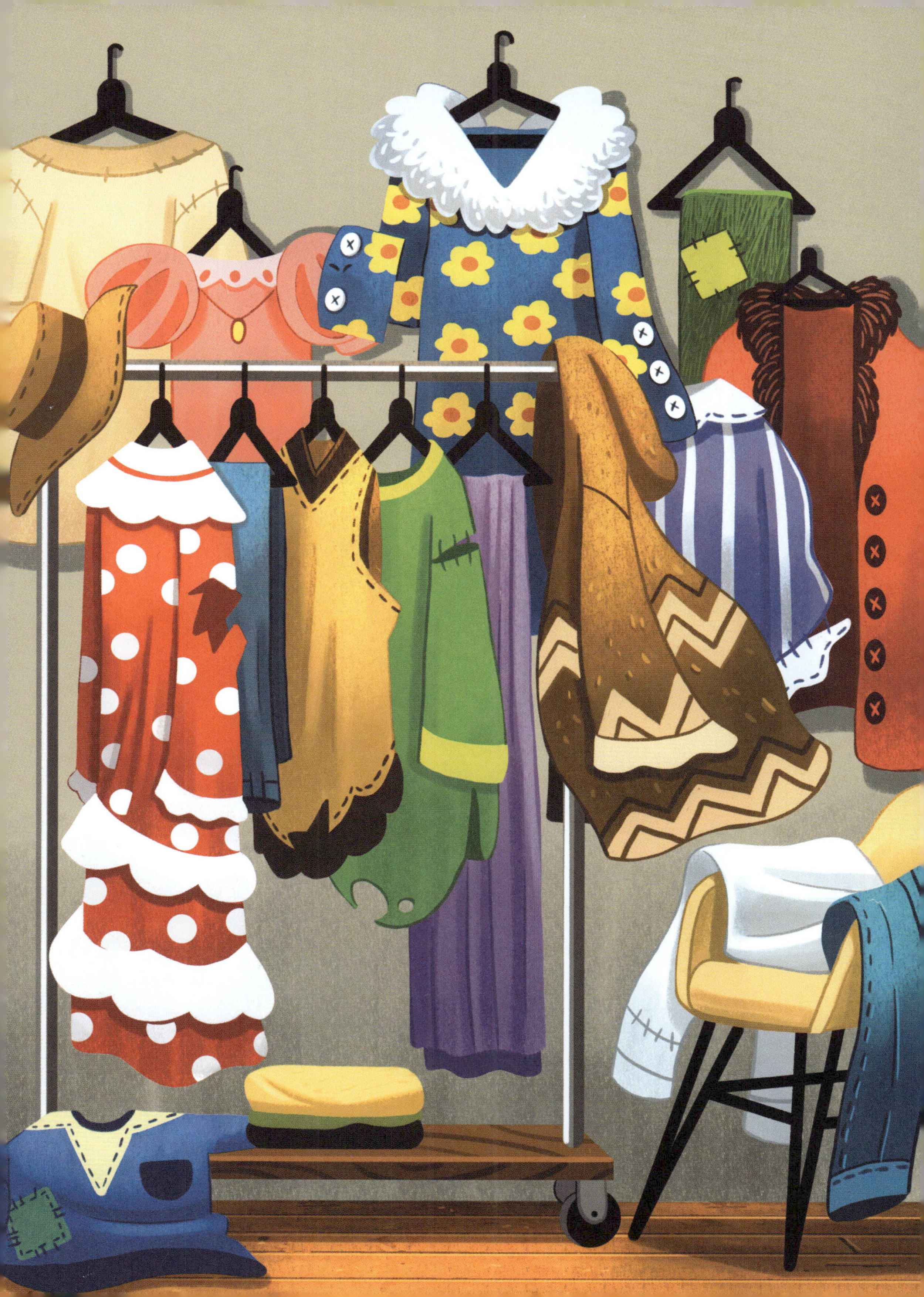

Mi padre descolgó de su percha el vestido de flores amarillas. En efecto, al puño de la manga derecha le faltaba un botón.

Al revisar el traje, papá encontró un **papel arrugado en el bolsillo.** Era una nota escrita a mano que decía: **«Miss Tutú, reúnase conmigo a las 18:00 en el callejón de atrás».** La actriz debía de haber olvidado la nota en el vestido.

Ahora solo faltaba ver si había acudido a la cita. Papá corrió hacia la salida trasera del teatro esquivando actores y atravesando decorados de cartón. Y cuando digo **«atravesar»** quiero decir que pasó justo por en medio, dejando un agujero.

El callejón trasero estaba lleno de **ratas,** pero ellas no salían en la función. Se dedicaban a corretear entre las sobras de un restaurante cercano. Papá encontró raspas de pescado y pieles de plátano, pero ninguna pista de **miss Tutú.**

Entonces **sacó** su **teléfono** y *¡clic!*

¿QUÉ OBJETO PROBABA QUE LA ACTRIZ HABÍA ESTADO ALLÍ?

Una de las ratas llevaba puesto un **collar de perlas roto.** No tenía pinta de ser la Ratita Presumida, así que aquella joya debía de pertenecer a **miss Tutú.** Quizá la dama había sido atacada al salir del teatro. Sacando su lupa, papá se adentró en el callejón.

No tardó mucho en ver algo que brillaba a la luz de un farol. **¡Era otra de las perlas del collar!** Y más adelante, otra. Y después, una tercera.

Papá siguió el rastro de **perlas** perdidas como Pulgarcito el de migas de pan. Y así hasta llegar a la entrada de una alcantarilla. Bajo su tapa cerrada chillaba una voz de mujer.

—**¡Socorro!**

—¡A callar, que estoy pensando! —ordenó papá.

—**¡Sáqueme de aquí, pazguato!** —gritó la voz.

Era la pobre **miss Tutú,** encerrada en la alcantarilla. No parecía tan elegante cuando papá la sacó de allí. Estaba toda sucia y se le había corrido el maquillaje. Además, **tenía la peluca del revés.** No le sentó muy bien que papá le pidiera un autógrafo.

—**¿Cómo ha llegado ahí?** —le preguntó después.

—¡Y a mí qué me **cuenta!** —replicó ella de malos modos—. Solo sé que, al salir al callejón, **alguien me tiró del collar.** Luego me puso un trapo amarillo en la cara… y ya no recuerdo nada más.

—**¿Un trapo amarillo?** —dijo papá, haciendo memoria—. Juraría que yo he visto eso antes. ¡Rápido, volvamos al teatro!

Quedaba muy poco para el comienzo de la función, y el escenario estaba lleno de actores disfrazados. Entonces papá les **pidió** que **sonrieran** y *¡clic!*

¿QUIÉN HABÍA ATACADO A MISS TUTÚ?

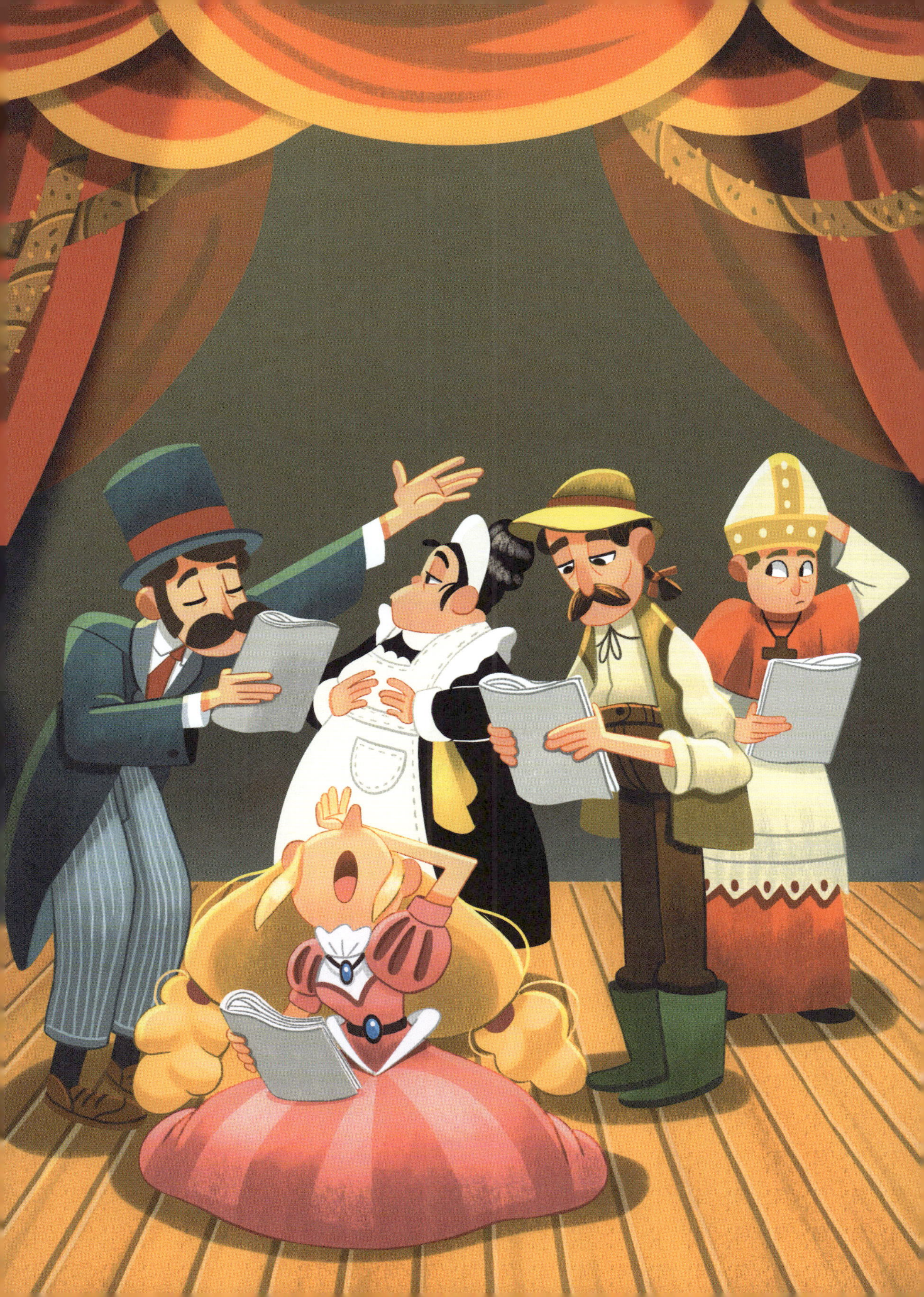

A la **actriz bajita disfrazada de criada** le asomaba un **trapo amarillo** bajo el delantal. Nada más olerlo, papá supo que estaba **empapado en cloroformo.** Principalmente porque también él se desmayó sobre el escenario. Al despertar, todos estaban ya rodeando a la **culpable.**

—¿Por qué lo hiciste, Rigoberta? —la acusó el director.

—¡Porque estoy harta de hacer de criada! —se enfurruñó la actriz bajita—. Ni siquiera digo una sola palabra en toda la obra. **Yo quería el papel de condesa.**

—¡Pues quédatelo! —chilló **miss Tutú**—. **¡Estoy hasta el moño** de esta compañía de locos!

Dicho esto, lanzó su peluca al suelo y se largó del teatro dando taconazos. Todos se miraron, preocupados. El **público estaba a punto de llegar.**

—De acuerdo —suspiró el director, recogiendo la peluca—. Tú serás hoy la condesa.

Papá se quedó un poco decepcionado cuando vio que no se dirigía a él, sino a **Rigoberta.** Sería su último papel antes de que la policía se la llevase detenida.

En cuanto a mi padre, **tuvo que conformarse con hacer de criada.**

CUMPLECASOS FELIZ

Aquella mañana me desperté muy contenta. Era mi cumpleaños, así que papá iba a pasar todo el día conmigo.

Repito: **iba.** De pronto sonó su teléfono y todo el plan se fue a la porra.

—Era de la **librería de segunda mano del barrio** —me explicó después de colgar—. **¡Al parecer han sido víctimas de un robo!**

—Pero prometiste que hoy no trabajarías —dije, enfurruñada.

—Lo siento, mi **pequeña inspectora jefe** —respondió—. Volveré en cuanto resuelva el caso.

¡**En cuanto lo resolviera yo**, querría decir!

La librería quedaba a unas pocas manzanas de nuestra casa, así que papá no tardó en llegar. Era un **antiguo local lleno de libros** viejos y de clientes más viejos aún. Incluso el **dueño** parecía a punto de deshacerse como si estuviera hecho de polvo.

Papá lo encontró leyendo y bebiendo una taza de té para tranquilizarse. No debía de conseguirlo, puesto que tenía la taza vacía y el libro del revés.

—Alguien escapó esta mañana de la tienda con un libro —explicó, muy alterado—. ¡**Era un ejemplar muy antiguo y valioso!**

—¿Cuál? —preguntó papá.

—Pues no sé —respondió el otro—. Pero estaba ahí.

El anciano señalaba un mostrador cuyo cartel decía **EJEMPLARES MUY ANTIGUOS Y VALIOSOS**. Papá examinó los libros revueltos junto con la **lista** de títulos que le dio el anciano.

> Peter Pan
> El Jardín Secreto
> Drácula
> La Sirenita
> Pinocho
> Frankenstein
> Pippi Calzaslargas
> 20.000 leguas de viaje submarino
> Las aventuras de Sherlock Holmes
> El hada acaramelada

Luego **sacó** su **teléfono** y *¡clic!*

¿QUÉ LIBRO HABÍA SIDO ROBADO?

Qué casualidad. El libro desaparecido tenía en la portada la imagen de **Sherlock Holmes.** Lo conozco muy bien porque es mi detective favorito.

—¡Ay, era un viejo volumen con todos sus cuentos! —sollozó el anciano—. Y además estaba firmado por el mismísimo **Arthur Conan Doyle.**

—¿Quién era, un amigo suyo? —preguntó inocentemente papá.

—¡No, hombre, es el **autor del libro**! —replicó el anciano.

—**Ejem...** Sí, claro —dijo papá—. Ahora salgamos fuera. Quizá alguien vio al culpable.

La calle estaba llena de paseantes y curiosos. Papá se acercó a un interrogar a un matrimonio de **turistas** de aspecto simpático y ropa horrenda. Ambos llevaban cámaras fotográficas colgadas al cuello.

—¿Por casualidad no tendrán una foto frente a la librería? —les preguntó.

Una no. Se habían sacado ciento veintisiete.

—¡Sí, nosotros mostrar a usted nuestros **fotografíos!** —sonrieron, muy contentos.

Papá se armó de paciencia, **sacó** su **teléfono** y ¡*clic, clic, clic, clic!*

¿DÓNDE ESTABA EL CULPABLE?

LIBRERÍA

A la derecha de la imagen se veía la rueda trasera de una bicicleta. **Sobre su transportín asomaba el libro robado,** así que el misterioso ciclista debía de ser el ladrón.

—Y ahora, ¿cómo lo encontramos? —preguntó el librero.

Por suerte, la calle estaba llena de charcos y el vehículo había dejado un claro rastro sobre el asfalto. Papá se puso a gatear para seguir las huellas con ayuda de su lupa. Decidió levantarse cuando empezó a escuchar pitidos a su espalda.

—**¡Quítese de en medio, panoli!** —gritaban los conductores.

El rastro empezó a desaparecer al internarse en el césped de un parque. Papá se rascó la cabeza, preguntándose si el culpable habría dejado allí alguna otra pista.

Entonces **sacó su teléfono** y *¡clic!*

¿QUÉ HABÍA PERDIDO EL LADRÓN EN SU HUIDA?

Entre la hierba del parque descubrí una **llave tirada.** Era muy posible que el llavero perteneciera a nuestro sospechoso.

Al recogerlo del suelo, papá vio que estaba etiquetado con unas señas: **calle del Panadero,** 21.

—Esta dirección me suena...
—dijo papá.

¡Claro, como que era la de **nuestro edificio**! Eso quería decir que **el misterioso culpable estaba más cerca de lo que pensábamos.** Posiblemente fuera uno de nuestros vecinos.

Sin perder tiempo, papá echó a correr. No solo por las prisas, sino porque los perros del parque habían empezado a perseguirlo. Al fin, jadeando, llegó al portal de nuestra casa.

La portera, **madame Chismez,** estaba sacando brillo a los buzones. Y tan a fondo que a veces abría alguna carta para limpiarla por dentro. Y cuando digo **«limpiar»** quiero decir **«cotillear»**.

—Buenos días, **señor Picón** —gruñó al ver a papá.

—Es Picard —sonrió él—. Oiga, usted tiene **copias de las llaves de todos los vecinos,** ¿verdad?

—**Claro** —replicó ella—. Pero no puedo mostrárselas sin una buena razón.

Papá sacó un billete de su cartera y lo puso en la mano de **madame Chismez.** Afortunadamente, a ella le pareció una razón lo bastante buena. Después de meterse en el bolsillo la propina, abrió el cajón de la portería donde guardaba todas las llaves.

Entonces papá **sacó su teléfono** y *¡clic!*

¿QUÉ LLAVE COINCIDÍA CON LA DEL LADRÓN?

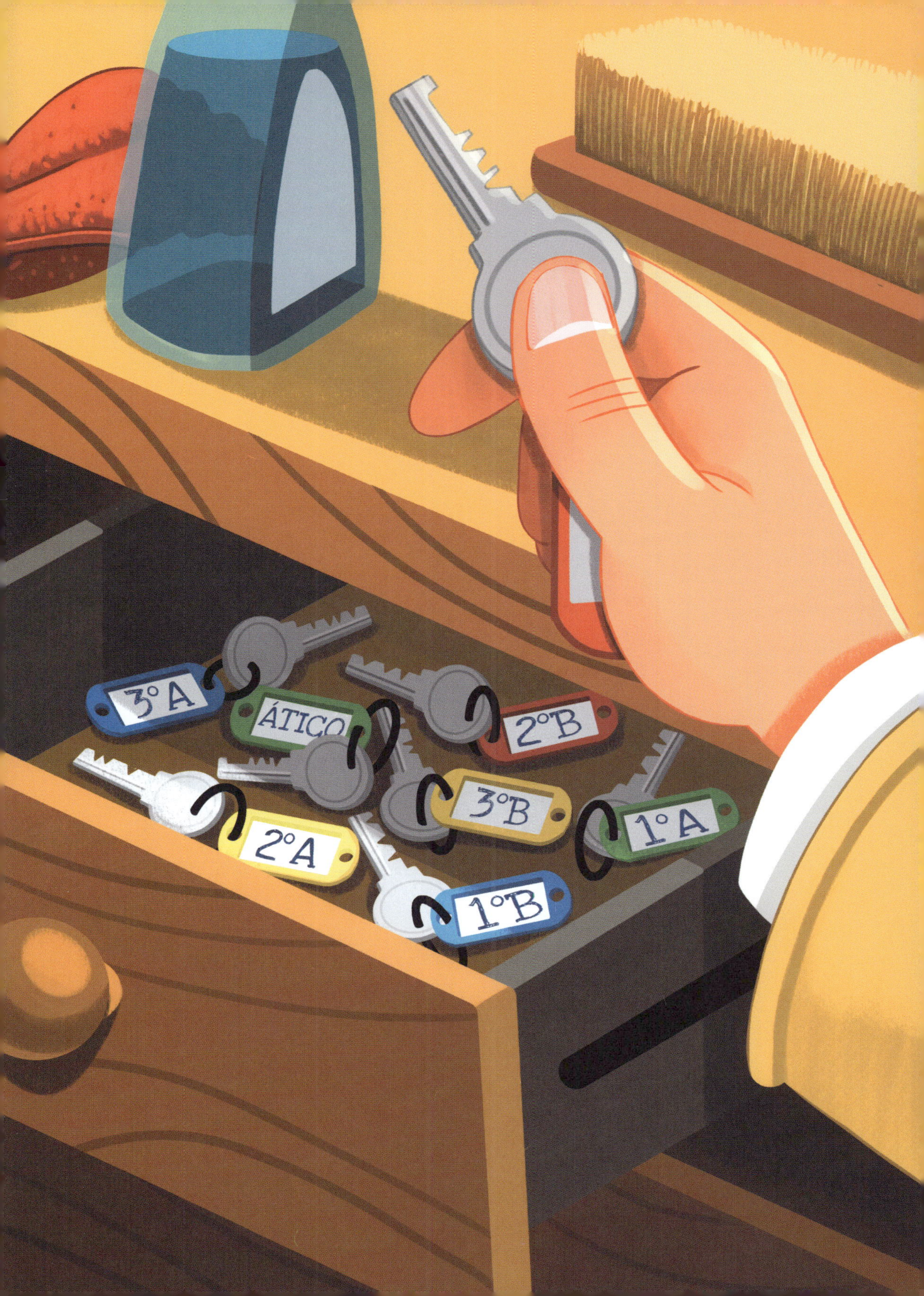
3ºA
ÁTICO
2ºB
3ºB
1ºA
2ºA
1ºB

Pegué un bote en mi cama al ver que la llave del culpable era igualita a la del **ático.** Sobre todo porque somos nosotros los que vivimos en el ático.

Pero entonces… ¿quién era el ladrón?

—**¡Pues yo misma, hija!** —dijo alguien a mi espalda.

Casi se me atraganta el chupachús al ver a papá en la puerta de mi cuarto. Por lo visto, había entrado de puntillas. Llevaba una **tarta con siete velas** en una mano, y en la otra un brillante regalo.

—Pero… pero… —tartamudeé.

—**¡Felicidades,** mi pequeña inspectora jefe! —gritó él.

Salté de la cama para abrazarlo. Y después para arrestarlo por el robo, claro. Siempre llevo unas esposas de juguete en el bolsillo del pijama.

—Yo no he robado nada, hija —sonrió—. Monté todo este plan con ayuda del librero porque **sé lo mucho que te gusta resolver misterios.**

Tras pensarlo un poco, **decidí no detenerlo.** Si de algo era culpable, era de ser un padre estupendo. Otra cosa es que fuera buen detective.

—Hoy no cumples solo siete años, Ágata —dijo después—. También cumples **siete casos a mi lado.** ¡Y seguro que con este regalo cumplirás muchos más!

Rasgué el envoltorio y dentro apareció el **libro de Sherlock Holmes.** Era precioso. Emocionada, recorrí la firma del autor con el dedo.

—Aún no sé si prefiero ser detective o escritora —confesé.

—Puedes ser las dos cosas —comentó papá—. De momento, ¿te apetece un trozo de tarta?

Claro, el problema es que era demasiado grande para nosotros solos. Por eso decidí ofrecer un pedazo a mis peluches. Aquel día, en vez de sospechosos, serían mis invitados.

—Sí, pero ¿cuántos son? —dijo papá antes de partir el pastel.

—¡Pues también **siete**! —reí—. ¿Es que no los ves?

¿DÓNDE ESTABAN LOS SIETE PELUCHES?

Ve a la página 126 ¡y descubre la solución!

SOLUCIONES

SOLUCIÓN A LA PÁGINA 24.
Chichifú, el caniche de **madame Rubí,** tiene un poco de pintura rosa asomando entre el barro.

SOLUCIÓN A LA PÁGINA 125.
Aquí están los **siete peluches de Ágata.**

ÍNDICE

INTRODUCCIÓN 2

1. UN MISTERIO COLOR ROSA 7

2. PASTELES DE BRÓCOLI 25

3. UN FANTASMA CON PLUMAS ... 41

4. EL CRIMEN DEL ABRELATAS 57

5. ESCÁNDALO EN 3.º B 75

6. LA CONDESA Y LA CRIADA 91

7. CUMPLECASOS FELIZ 107

SOLUCIONES 126

Este **libro** se terminó
de imprimir en el mes de
abril de 2023.